LA VIE TRES HORRIFICQUE DU GRAND GARGANTUA

RABELAIS

LA VIE
TRES HORRIFICQUE
DU GRAND GARGANTUA

Chronologie et avant-propos
par
V. - L. Saulnier
professeur à la Sorbonne
Introduction et lexique
par
Jean-Yves Pouilloux
assistant à la Sorbonne

GF
FLAMMARION

ISBN : 2-08-070180-0

CHRONOLOGIE

1483 : D'un père avocat (Antoine Rabelais), François naît vers cette date, en Touraine : à La Devinière, près Chinon.
Les années d'enfance et de premières études sont obscures.

1510-1526 : Le moinage poitevin.
Rabelais est moine chez les franciscains, à Fontenay-le-Comte, d'où il passe (1524) dans l'ordre savant des bénédictins, au monastère de Maillezais. Il est alors au service de l'évêque Geoffroy d'Estissac.
Moine, mais de curiosités humanistes. Relations avec des Poitevins éclairés : André Tiraqueau, Amaury Bouchard. Correspondance avec diverses lumières de l'humanisme : Guillaume Budé, Jean Bouchet.

1526-1528 : Etudes universitaires.
Sans nullement faire un « tour de France », Rabelais étudie sans doute dans plusieurs Universités. Il peut suivre des cours à Bourges, Orléans, Paris.

1528-1530 : Séjour à Paris.
C'est le moment où Rabelais prend (sans droit) l'habit de prêtre séculier.
D'une sienne liaison avec une veuve parisienne naîtront deux enfants, François et Junie.

1530-1532 : Séjour à Montpellier.
Cette ville est, à l'époque, une des capitales européennes pour la recherche médicale. Rabelais y poursuit ses études, passant bachelier en médecine

le 1er décembre 1530. Il donne des leçons sur les grands médecins d'antique autorité, Hippocrate et Galien.

1532-1534 : Séjour à Lyon.
Médecin de l'Hôtel-Dieu du Pont-du-Rhône, Rabelais édite Hippocrate et Galien.
Sous le pseudonyme d'Alcofrybas Nasier, il publie son premier livre pantagruélique, le *Pantagruel* d'octobre 1532.

1534 : Premier voyage à Rome.
Rabelais accompagne en Italie Jean du Bellay (janvier-mai).

1534-1535 : Séjour à Lyon.
Rabelais reprend son service à l'Hôtel-Dieu.
Vers ce temps, il se voit naître un fils, Théodule, qui ne survécut guère.
Publication du *Gargantua* (automne 1534).

1535-1536 : Deuxième voyage à Rome.
Rabelais médecin accompagne de nouveau Jean du Bellay. Il profite du séjour pour faire régulariser par le Pape sa situation ecclésiastique.

1536 : Moine du monastère de Saint-Maur-des-Fossés, près Paris, Rabelais devient chanoine du chapitre de Saint-Maur lorsque l'abbaye est sécularisée.

1537 : Il achève à Montpellier ses études de médecine, passant licencié, puis docteur (le 22 mai).

Été 1537 : Nouveau séjour à Lyon.
Les préoccupations sont des plus diverses. Rabelais exerce la médecine, et pratique une dissection humaine mémorable. Au même temps, il est enrôlé dans la garde civique. Cependant, des indiscrétions le font considérer comme suspect par les pouvoirs.

1537-1538 : A Montpellier.
Rabelais fait cours sur Hippocrate.

1540-1542 : A Turin.
Séjours auprès de Guillaume du Bellay, seigneur de Langey, gouverneur de Piémont.

1543 : Rabelais voit mourir un de ses grands patrons, Guillaume du Bellay; bientôt suivi par un autre sien protecteur, Geoffroy d'Estissac.
La même année, comme par hasard, voit la condamnation officielle du *Pantagruel* et du *Gargantua.*

1546 : Publication du *Tiers Livre :* également condamné.

1546-1547 : Rabelais à Metz, comme secrétaire de la ville.

1547-1549 : Troisième voyage à Rome, avec Jean du Bellay.

1548 : Publication du *Quart Livre* partiel.

1550 : Rabelais à Saint-Maur, près du cardinal Jean du Bellay.

1551 : Il obtient deux cures : Saint-Martin de Meudon et Saint-Christophe-du-Jambet (Sarthe).

1552 : Publication du *Quart Livre* complet. L'ouvrage est censuré.

1553 : Rabelais résigne ses deux cures.
Il meurt à Paris le 9 avril. On l'enterre au cimetière Saint-Paul.

1562 : Publication partielle du *Cinquième livre.*

1564 : Publication du *Cinquième livre* complet. (L'authenticité sera contestée.)

AVANT-PROPOS

Chacun lit à sa mode. Scruter, fût-ce d'un œil vétilleux, le moindre détail; courir cent pages d'une traite, attentif à la route bien plus qu'au paysage : tout se justifie, au besoin par des postulats opposés, l'exigence d'aller au fond, l'autorité du bon plaisir.

Nous installer devant l'œuvre écrite il y a mille ou trois cents ans, pour savoir avec nos lunettes ce que l'auteur a voulu dire, voilà pourtant où nous risquons de mettre trop de tranquillité. Le problème n'est pas toujours simple. Parlant d'un Rabelais, il n'y a de coïncidence qu'imparfaite entre ce qu'il avait dans la tête; ce que l'on a compris de son œuvre suivant les siècles ou que l'on pense devoir comprendre aujourd'hui; ce qu'il en désirait voir comprendre, et par qui ? Le dernier point n'est pas le plus facile. Le vrai pari de l'écrivain. « Comment lire » Rabelais, Pascal ou Claudel : on pourrait ainsi titrer une collection d'essais, en un sens particulier.

A chaque époque, rien ne saurait priver le lecteur du droit de trouver dans l'œuvre ce que l'auteur n'y mettait ou n'y voyait pas. Critique, il peut bien porter le regard de la psychanalyse ou de la sociologie, quitte à enrichir le patrimoine de la psychanalyse et de la sociologie plus que la compréhension précise de l'œuvre unique. Simple amateur, donner à l'œuvre toute efficacité nouvelle dans le développement de sa propre méditation, dans son épanouissement et son progrès. La question n'existe pas moins : à qui l'auteur voulait-il parler, et partant à quel degré de compréhension, en profondeur et en latitude ? S'agit-il (pour simplifier) d'un cercle choisi, vite prévenu, ou d'une foule un peu brumeuse; d'un ou plusieurs publics; et chacun doit-il tout comprendre ?

Acheter un livre : luxeau Moyen Age, banalité d'aujourd'hui. Fait intermédiaire au temps de Rabelais, comportant encore quelque chose d'une surprise, sinon impression de choc ou de majesté. Mais la merveille n'est que plus grande de s'élargir. Quand Rabelais écrit, il y faut penser, quelle perspective neuve est à prévoir dans la diffusion! Nos droits d'aujourd'hui valent les siens, pour comprendre. Mais les siens, quand il imagine ? On ne publie pas, surtout en ces temps premiers, si l'on n'écrit que par fantaisie. Le droit d'achat du lecteur implique celui de comprendre : l'énorme mutation, celle du temps de Rabelais (auquel le nôtre est ici comparable), barbouille ou éclaire la scène de nouvelles couleurs. Le dialogue entre l'auteur et le lecteur entrait en une saison de très neuves coutumes.

Je voudrais, dit Apollinaire, voir mes vers aimés d'un boxeur « nègre et américain », d'une impératrice de Chine, d'un journaliste germanique, d'un peintre espagnol, d'une jeune femme « de bonne race française », d'une jeune paysanne italienne et d'un officier anglais des Indes. Quand il écrit cela à une marraine de guerre, le 15 novembre 1915, il veut dire qu'un peu de lecteurs lui suffirait, pourvu qu'ils fussent de diverses sortes. « Je n'espère pas plus de sept amateurs de mon œuvre, mais je les souhaite de sexe et de nationalité différents, et aussi bien d'états. » Variété, dans le petit nombre. Différemment, et cette fois à l'opposé de toute restriction, ne pourrait-on reprendre la formule au service d'un Rabelais ? Oui, le « message » mérite qu'on insiste sur son universalité.

Car Rabelais n'écrit pas pour les seuls érudits. Et l'occasion est belle et salubre, de l'accueillir dans une série de large diffusion.

Il écrivait, par définition, pour un public lisant : son temps n'est pas celui des récitations sur la place. Le public lisant d'aujourd'hui, heureusement beaucoup plus large, n'est pas du tout l'homologue de ce qu'il était au XVIe siècle. Mais il y a la teneur et la répercussion interne des déclarations. Rabelais n'écrit pas pour les seuls rois ou hommes en toge, et son œuvre tient souvent des « conseils à un ami ». Aujourd'hui, un lecteur profane a le droit plénier de s'y sentir chez soi.

Mais dès lors, comment annoter ? Gloser à fond la moindre allusion incluse en son texte exige trop long commentaire, ailleurs précieux, ici sans cause. Qui, d'ailleurs, même au XVIe siècle, sondait au plus profond la résonance de chaque phrase, appréciait de mémoire toute référence à quelque chapitre de droit, saisissait au lancer chaque terme de technique, épiait en expert le retentissement de la moindre allusion à des textes d'érudition ou à des faits d'histoire ? On s'est vingt fois demandé comment les contemporains apprécièrent la pensée de Rabelais : simple railleur ou « lucianiste », aimable clown ou libre penseur. Mais le mot-à-mot de son texte, combien de lecteurs avaient-ils de quoi tout en déchiffrer ? Au demeurant, Rabelais ne disposait-il pas tant de batteries diverses et tant d'artifices, des chevaux de frise aux fusées multicolores, dans l'intention d'un certain tumulte, soit pour enrichir l'invention comique, soit pour opérer quelque brouillage devant la hardiesse de pensée ?

Il est différentes heures, pour comprendre différemment. La présente édition s'efforce d'éclairer tout ce qui, entre le lecteur du XVIe siècle et notre contemporain, risque d'introduire une distance aussi regrettable que fortuite. Il s'agit, pour le plus, de faits de langage, du sens des mots. Pour le reste, qu'on lise Rabelais à fenêtre ouverte, à pleines pages et pleins chapitres, et à grande voix. Le plaisir et l'encouragement doivent se dégager, pour nous par exemple, citoyens d'un modeste siècle entre plusieurs autres, dans une vivacité jaillissante.

Le *Gargantua-Pantagruel* contient un certain nombre de chapitres de kyrielles. Des séries de noms, de titres, de mots, allongées comme pour le plaisir de la gorge et de l'oreille : jeux de Gargantua, noms de serpents ou variétés d'imbéciles. La valeur de telles collections, sans s'élever jusqu'à l'incantation, relève certes moins du magasin documentaire que du tohu-bohu triomphant. Epiloguer alors sur chaque terme n'est pas suivre le vrai fil du texte. Il faut aussi ouïr filer le chantre, et se laisser ébaubir.

Pour le roman de Rabelais dans son ensemble, la remarque (à moindre degré) reste vraie. Entre autres lectures possibles, il faut lire Rabelais d'une coulée, comme il semble écrire d'une coulée, mêlant rire et sapience, dans l'intrépidité d'une sagesse qui se voudrait surtout communicative.

Contre tout ce qui tend à diminuer l'homme, sottises, routines, contraintes, il a mené le grand combat. La route du rire, qu'il a choisie, est sans doute la plus dangereuse : car l'épaisseur voulue de tel amusement, gaieté drue ou âpre satire, est de nature à égarer. Mais il y a un rire du sérieux. Et surtout, le rire est communication.

Qu'on lise d'ensemble, dans l'ardeur d'une randonnée, et comme le contraire d'une leçon, ce gros et grand travail de démolition constructive et d'insécurité fraternelle. Si le texte date de quatre cents ans, grâce aux soins de Jean-Yves Pouilloux la route nous sera facile.

V.-L. SAULNIER.

INTRODUCTION

Aux imaginations enfantines, souvent les géants apportent la terreur. Les contes leur dessinent des silhouettes maléfiques, en font les dépositaires de la méchanceté et de la cruauté du monde. L'histoire atteint son terme à la mort de l'ogre, ou à sa fuite. Les bons géants sont exception, ils ne répondent pas aux attentes, trahissent leur condition, leur nature de géants. Ceux de Rabelais sont de cette trempe, gens pacifiques et débonnaires, agressés plus qu'agresseurs, dont le lecteur souhaite le triomphe. *Gargantua* conte leur histoire, leur geste, les introduit pour longtemps dans notre univers familier; les monstres sont apaisés et déchaînent surtout notre rire.

Profitant d'une tradition déjà ancienne et bien établie, exploitée par les *Grandes et inestimables Cronicques du grant et enorme geant Gargantua* parues en 1532, Rabelais semble s'attacher d'abord à nous convaincre de l'existence de ses personnages principaux, mais il n'invente, en matière de gigantisme, que des détails; il brode sur un thème connu, que d'autres conteurs ont essayé avant lui. Pas plus qu'il n'invente ses personnages, ou du moins leurs silhouettes, il n'innove en matière de forme littéraire : le *Gargantua* « s'inspire simplement des romans chevaleresques, de leurs parodies, de la tradition légendaire et des faits du jour ». *Fierabras*, *Huon de Bordeaux*, le *Roland furieux* et plus encore peut-être leurs parodies, les *Macaronées* de Merlin Coccaïe par exemple, offrent à Rabelais un cadre souple et commode. Ses géants vivent des aventures déjà répertoriées et « classiques », celles des héros de chevalerie. Un géant est un personnage de marque, il lui faut une longue liste généalogique — surtout au géant roi. Rabelais sacrifie à l'usage, non sans désinvolture : dans l'ordre de ses livres, Pantagruel, fils de Gargantua, voit le jour avant son père. *Les Horribles et Espoventables Faictz et Prouesses du tres renommé Pantagruel, roy des Dipsodes* paraissent probablement en 1532 pour la foire d'automne, et la Sorbonne dut condamner ce « recueil d'obscénités ». Le *Gargantua*, lui, date, selon toute vraisemblance, de 1534. La généalogie des géants s'accommode fort bien des inconséquences chronologiques survenues dans la publication de leurs aventures; à tout le moins cette désinvolture prouve-t-elle que les récits de Rabelais ne cherchent nullement à atteindre au sérieux d'une histoire. Le père profite même de la gloire du fils, puisque Rabelais renvoie ses lecteurs à un premier succès : « Je vous remectz à la grande chronicque Pantagrueline recongnoistre la genealogie et antiquité dont nous est venu Gargantua » (chap. I). De la longue énumération parodique qui permettait de suivre la lignée des géants depuis Chalbroth jusqu'à Pantagruel, le *Gargantua* ne retient que les personnages vivants, Grandgousier, Gargamelle et Gargantua, grande famille s'il en fut, mais plus naturelle et plus simple.

GIGANTISME. — Le thème du gigantisme s'offre dans toute sa naïveté, dans toute sa plasticité aussi; une fois posé le principe, la réalité des dimensions exceptionnelles a plutôt tendance à disparaître, même si elle offre au conteur matière à rire. Rire des nombres : Grandgousier enfourne dans son saloir trois cent soixante-sept mille et quatorze bœufs « pour estre à mardy gras sallez » et servir de hors-d'œuvre au printemps; Gargamelle dévore seize muids, deux bussars et six tupins de tripes; Gargantua mobilise « dix et sept mille neuf cens treze vaches de Pautille et de Brehemond pour l'alaicter ordinairement », et son habit d'enfant doit vider plus d'une boutique de marchand drapier : « Pour son pourpoinct furent levées huyt cens treize aulnes de satin blanc... » Rire communicatif : au moment de laisser repartir Toucquedillon, Grandgousier le charge d'un « collier d'or pesant sept cens deux mille marcz », et Rabelais oublie que Toucquedillon n'est point géant. L'arrivée de Gargantua à Paris permet au conteur d'exploiter cette veine sans vergogne; importuné par la foule, le bon géant facétieux arrose allégrement les populations et perpètre du même coup un véritable génocide : « ... il en noya deux cens soixante mille quatre cens dix et huyt, sans compter les femmes et petits enfants »; dénombrement parodique qui, pas plus que la Bible, ne tient compte des non-mâles; mais aussi fascination pour les disproportions du monde qui font parfois de l'homme une bien petite chose; le rire trouve sa part dans ces énormes entassements de fourmis où l'homme se voit réduit à un chiffre. Le géant nous donne la bonne mesure des choses : si les cloches de Notre-Dame peuvent servir « de campanes au coul de sa jument », c'est qu'un bourdon pour gros qu'il soit n'est pas un phénomène digne de notre admiration; notre estime a mieux à faire qu'à s'attacher à la taille d'un objet. Prétexte à rire, le géant est aussi prétexte à réfléchir, et le plaisir des nombres n'a pas toujours la naïveté qu'on lui prête; comme attribuer l'origine de la Beauce à la queue d'un cheval n'est pas plus irréel qu'à l'épée de Roland la brèche de Roncevaux. La fantaisie se fait parfois maîtresse de raison.

GARGANTUA AU PAYS DES MERVEILLES. — Maîtresse ou guide; la contrée imaginaire où Gargantua évolue se peuple, au fur et à mesure des chapitres, de personnages singuliers : les nommer c'est les connaître, savoir leur humeur, le camp où ils se rangent, l'avenir qui leur est promis. Un nom suffit parfois à dessiner un destin. Les géants sont boulimiques avant tout, Grandgousier, Gargamelle l'évoquent sans faux-semblant. Est-il besoin d'un page plein de grâce et de joie de vivre ?

il est bienheureux : Eudémon; d'un écuyer virtuose et rompu à tous les exercices ? Gymnaste; d'un maître d'école avisé et travailleur ? Ponocrates; d'un lecteur ? Anagnostes. A quoi bon pourvoir ces symboles de psychologie quand leur nom suffit à croquer leurs personnages; un cuisinier peut-il décemment s'appeler d'une autre façon que Hoschepot ou Fripesaulce. Le parti adverse ne se dissimule pas davantage : Trepelu (le loqueteux), Toucquedillon (le fanfaron), Tripet, Basdefesses, Spadassin et Merdaille sont les dignes lieutenants d'un tyran irascible, emporté et sans jugement, tout entier dominé par sa bile : Picrochole. Si les noms décrivent si bien psychologie et fonction des personnages, c'est que la vivacité du récit, et, en un sens, sa légèreté, commandent qu'on ne s'attarde pas sur les caractères. L'épopée symbolique de Gargantua nécessite un monde simple dans lequel la découverte des vérités ne doit pas prendre trop de temps. On combat le mal plus qu'on ne cherche à le connaître.

GARGANTUA AU PAYS DES RÉALITÉS. — Fantaisie des nombres et symbolisme simplificateur dissimulent souvent d'autres richesses qu'une faconde bouffonne, un emportement débridé de l'imagination. L'aventure symbolique ne nous emmène jamais loin des êtres et des choses d'un pays matériel; la pesanteur de la terre empêche le récit d'être un mythe, fiction pure, rêve malléable au gré du conteur. L'action se passe dans le Chinonais, à la jointure de la Touraine et du Poitou. Le royaume de Grandgousier couvre à peine quelques petites communes bien réelles, autour de La Devinière, leurs noms évoquent moins l'Utopie lointaine qu'une campagne familière. Qui découvre les *Fanfreluches antidotées* ? « Jean Audeau en un pré qu'il avoit près l'arceau Gualeau, au dessoubz de l'Olive, tirant à Narsay » (chap. I). Grandgousier et Gargamelle appellent leurs voisins à un banquet qui ressemble aux repas de moisson ou aux festins de foire : « A ce convierent tous les citadins de Sainnais, de Suillé, de la Roche Clermaud, de Vaugaudray, sans laisser arrieres le Coudray Montpensier, le Gué de Vede et aultres bons voisins » (chap. IV). De même, la guerre picrocholine se tient dans un périmètre aussi réduit que l'espace de la « Guerre des Boutons »; Gargantua à son retour de Paris découvre les hostilités après le pont de la Nonnain, à Parilly, il apprend que l'ennemi assaille le bois de Vede et qu'ils « avoient couru la poulle jusqu'au Pressouer Billard » (chap. XXXIV). Dans cet espace familier évoluent des figures à peine esquissées, mais d'un trait précis, silhouettes qu'on dirait croquées sur le vif, avec une attention scrupuleuse et non sans malice. Le chapitre V, *Les propos des bien yvres*, est un petit chef-d'œuvre d'observation, où les paroles permettent souvent de reconnaître les diseurs : « Qui feut premier, soif ou beuverye ? » demande un clerc vaguement teinté de scolastique, le même sans doute qui profère : « Somelliers, ô createurs de nouvelles formes, rendez moy de non beuvant beuvant! »; le légiste risque quelque jeu de mots latins, le bûcheron parle des « boys en friche », un Basque lance un mot de dialecte, le médecin : « les longs clysteres de beuverie », l'Allemand : « Lans, tringue! ». Ici encore, l'accumulation dissimule la réalité, mais ce sont paroles réelles et entendues. L'observation réaliste concerne même les géants, auxquels on prête soudain les habitudes familières d'un paysan tourangeau : « Grandgousier... après souper se chauffe les couiles à un beau, clair et grand feu, et, attendent graisler des chastaignes, escript au foyer avec un baston bruslé d'un bout dont on escharbotte le feu, faisant à sa femme et famille de beaulx contes du temps jadis » (chap. XXVIII). On ne peut imaginer peinture plus naïve, plus évocatrice d'une atmosphère de veillée familiale, plus proche de la simplicité bonhomme d'une cheminée rustique. Rabelais prête une grande attention à faire de ses personnages des reproductions fidèles d'une réalité quotidienne; est-il si loin du vrai ce tableau des théologiens en costume et en délégation, avec Janotus de Bragmardo « touchant davant soy troys vedeaulx à rouge muzeau, et trainant après cinq ou six maistres inertes, bien crottez à profit de mesnaige » (chap. XVIII) ? Qu'il soit piquant ne l'empêche pas d'être véridique. Ou celui du peuple de Paris, « tant sot, tant badault et tant inepte de nature, qu'un basteleur, un porteur de rogatons, un mulet avecques ses cymbales, un vielleuz au mylieu d'un carrefour, assemblera plus de gens que ne feroit un bon prescheur evangelicque » (chap. XVII) ? La forme en est satirique, mais juste la peinture. A bien des égards, le *Gargantua* promène un miroir le long du chemin, amène à la lumière un « commandeur jambonnier » ou cinq pèlerins du Berry qui reviennent de prier saint Sébastien au sujet de la peste. Si l'aventure symbolique domine l'ensemble, le détail relève d'un réalisme — et même d'un naturalisme — constant qui donne sans cesse à sentir l'épaisseur de la vie.

La guerre picrocholine elle-même a pu sembler travestir, comme on l'a parfois trop marqué, une banale affaire de navigation sur la Loire. Le seigneur de Lerné, Gaucher de Sainte-Marthe, avait installé sur les rives du fleuve des pêcheries qui entravaient la circulation, il se trouvait en procès avec la communauté des marchands et les propriétaires voisins. Rabelais se serait ingénié à faire reconnaître les parties dans les comparses du *Gargantua :* le chef des fouaciers, butor plein d'insolence, reçoit le nom de Marquet (chap. XXVI), celui de la femme de Sainte-Marthe, et les contemporains, à tout le moins chinonais, ont dû le reconnaître, non sans sourire. De même le personnage d'Ulrich Gallet, maître des requêtes auprès de Grandgousier, « homme saige et discret, duquel en divers et contencieux affaires il (Grandgousier) avoit esprouvé la vertus et bon advis » (chap. XXX), ressemble fort, et par son nom et par la haute tenue de son discours, à Jehan Gallet, parent d'Antoine Rabelais et avocat de la communauté. La guerre picrocholine, en un sens, ne serait que la transposition, sous forme d'une parodie des romans de chevalerie, d'un procès de chemins vicinaux, de voies de passage, de murs mitoyens. Une des réalités les plus coutumières de la vie campagnarde donne son point de départ à une aventure qui, en fait, dénonce par le rire l'inanité des querelles de clocher : tout le monde finit par en oublier l'origine, mais elles persistent parfois des générations durant. L'intelligence des mœurs rurales et l'observation malicieuse permettent à Rabelais un tableau à la fois véridique et suggestif :

« En cestuy temps, qui fut la saison de vendanges, au commencement de automne, les bergiers de la contrée estoient à guarder les vines et empescher que les estourneaux ne mangeassent les raisins.

« Onquel temps les fouaciers de Lerné passoient le grand quarroy menans dix ou douze charges de fouaces à la ville. » (Chap. XXV.)

En deux mots, le maître conteur campe les Travaux et les Jours de la Touraine, en ces temps d'automne où la grappe requiert la vigilance du vigneron, où les chemins bruissent des marchands, où l'on prépare les grandes foires avant l'hiver. Comme aussi, dans la suite du chapitre, resurgit ce vieux mépris, affirmé, de l'artisan pour le berger, du voyageur pour le sédentaire. Le chapelet d'injures que profèrent Marquet et ses acolytes tire au burlesque, mais il trahit une pensée profonde : au dire du citadin, les bergers « se debvoient contenter de gros pain ballé et de tourte ». L'arrogance des uns, la simplicité humble des autres conviennent certes à l'aventure, mais elles peignent encore mieux une distinction vraie que seul un connaisseur des us et coutumes de la campagne pouvait exploiter sans fausse note. On oublie trop souvent que pour Rabelais, la fantaisie se nourrit de la réalité, d'une réalité à laquelle peu d'auteurs, en son siècle, ont su prêter autant d'attention.

Affaire de style. — Précision et vérité n'empêchent nullement Maître Alcofribas, Abstracteur de Quinte essence, de se vouloir — ou de s'afficher — amuseur public. Relisons le *Prologue*, ou l'avis *Aux lecteurs* qui égrène les vers fameux :

« Vray est qu'icy peu de perfection
Vous apprendrez, si non en cas de rire;
Aultre argument ne peut mon cueur elire,
Voyant le dueil qui vous mine et consomme :
Mieulx est de ris que de larmes escripre,
Pour ce que rire est le propre de l'homme. »

Rabelais sait faire rire ou sourire, et sa gamme s'étend du plus grossier au plus fin, du rire gras au léger plissement des lèvres.

Grossièreté d'abord, énorme, et voulue telle, permanente, ou toujours possible. Les plaisanteries grossières ne manquent pas, au moment où souvent on ne les attend pas, ou plus. Rabelais exploite toutes les possibilités que lui offre un domaine où le vocabulaire abonde, heurtant parfois le goût moderne trop délicat pour ces étalages. C'est un plaisir puéril d'employer des mots qui choquent, de rire non de ce que le mot évoque, mais du mot lui-même, parce qu'il est banni du langage dit de bonne compagnie. L'enfant Gargantua déploie une ingéniosité sans bornes à répertorier les torcheculs possibles, à les comparer, à les hiérarchiser, avec une gravité quasi scientifique. Ces « petitz propos pueriles » entrent dans l'expérience de la vie. Représenter un charretier se peut-il faire autrement qu'en le faisant jurer comme un charretier ? Les gauloiseries souvent fortes, pimentées, mais non graveleuses, font aussi partie de l'arsenal du bouffon. Elles ont heurté bien des pudeurs illustres, celles de La Bruyère, de Voltaire, de Lamartine, parmi d'autres, et n'ont pas peu contribué à la légende rabelaisienne. La braguette est l'un des plus riches sujets comiques; le centre d'intérêt principal des gouvernantes de Gargantua enfant, qui la décorent et lui accordent toute une série de qualificatifs tendres et choisis; le prétexte d'un ensemble de jeux de mots plus ou moins obscurs (voir le chapitre IX) qui profitent de la richesse incomparable du vocabulaire descriptif. De l'amour, le *Gargantua* semble ne connaître que le physique, des femmes, que les ribaudes et bonnes gouges. Mais c'est une loi du genre comique, et une tradition médiévale. Le sujet essentiel de comique, qui prête à grossièretés en abondance, demeure le vin. Toute l'animalité acquiert ainsi une place d'honneur dans le récit, sans compter les délires qu'on dirait souvent dus à l'ivresse. Pourquoi refuser dans la littérature ce qui fleurit dans la réalité ? Rabelais ne fait à cet égard que diversifier grâce à sa verve une tradition immémoriale; il donne ce faisant une leçon de vie : mieux vaut se laisser aller de bonne foi à ce qui prête à rire.

C'est encore de faire rire qu'il s'agit, d'une façon moins robuste, quand le conteur donne la preuve qu'il sait remarquablement satiriser. L'une des cibles qu'il préfère est le pédant de collège, figure qui a dû hanter plus d'un écolier pâlissant sur ses livres, et à l'égard de qui Rabelais exerce ce qui peut sembler parfois une vengeance de potache. Dès le chapitre III, à propos de la durée normale de la gestation, il donne une petite bibliographie du sujet en invoquant sur ce grave problème l'autorité des anciens : Hippocrate, Pline, Plaute, Varron... avec quelque excursion du côté du droit, dont il respecte les formes avec une ironie savoureuse. Du bleu et du blanc, on ne saurait comiquement déterminer les valeurs et le sens sans alléguer, selon les bons principes d'une scolarité médiévale — voire humaniste — une liste copieuse de garants reconnus : Xénophon, Galien, Cicéron, Aristote, Tite-Live, et tant d'autres, sont là pour prouver que le blanc est couleur de joie, mais que la « pericharie » peut tuer son homme, comme le pédantisme assomme le sien. La harangue de Janotus de Bragmardo représente le sommet du genre (chap. XIX), depuis l'emploi calculé d'un incroyable latin culinaire (« Ego occidi unum porcum, et ego habet bon vino »), jusqu'à la parodie savante des formules scolastiques : « ... la substantificque qualité de la complexion elementaire que est intronificquée en la terresterité de leur nature quidditative pour extraneizer les halotz et les turbines... », parodie qui évoque l'une des dernières strophes du Lais de Villon, prouve que l'auteur sait mais n'est pas dupe de son savoir, et enseigne au lecteur à ne pas l'être non plus. Il y a bien plus d'art qu'il ne semble à ne pas lasser de trois pages de charabia ; et là encore, le rire n'est pas naïf, mais son objet choisi, sciemment.

Rabelais aime les mots, leur entassement, leurs oppositions, leur mouvement. Nul doute qu'outre une tradition en vigueur à son époque, le jeu libre, gratuit, sonore, explique souvent les accumulations démesurées qui provoquent le sourire — ou le rire — par le seul nombre des syllabes. Les activités de Gargantua enfant donnent l'occasion de retourner bon nombre de dictons ou proverbes à contresens, d'en exploiter d'autres dans le sens normal ; mais la quantité importe plus ici que la signification, pourvu que l'on remarque la finesse avec laquelle Rabelais place au moment où le souffle vient à manquer une formule de sens plein, « se cachoyt en l'eau pour la pluye », « mettoyt la charrette davant les beufz », « croioyt que nues feussent pailles d'arain et que vessies feussent lanternes »... A travers cette verve de parleur surgit l'image du petit enfant qui commence l'épreuve des choses et des hommes ; l'important reste que les mots vont plus vite que l'entendement, et entraînent malgré soi. Au même plaisir des mots correspondent les énumérations drolatiques — ou parfois fastidieuses — des torcheculs ou des jeux de Gargantua ; et sans doute n'est-ce pas un hasard si Rabelais remplit son rôle de bouffon à propos d'un enfant.

Le burlesque n'est pas le seul registre où s'exerce la verve du conteur. Il prend bien soin d'introduire, par places, au milieu de ses plaisanteries, de beaux développements rhétoriques, modèles de discours composés dans la meilleure tradition latine, sérieux de ton comme de matière. Les lettres du bonhomme Grandgousier, et davantage, la harangue d'Ulrich Gallet à Picrochole ou celle de Gargantua aux vaincus, tranchent nettement sur le reste du récit. La cohésion des arguments, leur ordonnance logique, la concision des formules viennent témoigner que le délire verbal d'autres passages est volontaire. « Plus juste cause de douleur naistre ne peut entre les humains que si, du lieu dont par droicture esperoient grace et benevolence, ilz recepvent ennuy et dommaige » dit Ulrich Gallet (chap. XXXI). Une rhétorique maîtrisée permet à Gargantua d'atteindre à une grandeur simple où la clarté de l'expression sert l'élévation de la pensée. Préside à ces « contions » une esthétique déjà classique.

Faire de Rabelais le modèle du génie littéraire spontané apparaît ainsi comme refuser de voir ce qui est, accréditer une légende tenace. Peu d'œuvres donnent une telle impression de jaillissement naturel, peu d'œuvres reposent sur un art aussi concerté et maître de ses voies. Pot-pourri, le *Gargantua* ressemble à une fresque bigarrée, mais, dans l'ordonnance des épisodes, des « morceaux », peu de chose relève du hasard. Tableaux réalistes et fantaisies burlesques alternent, dialogues et récits, grossièreté et discours élevés se succèdent, se corrigent. L'intérêt du lecteur, sans cesse éveillé par la diversité des chapitres et des styles, suit Rabelais où celui-ci veut bien aller. L'Art maîtrisé nous maîtrise à son tour.

STRUCTURE DU « GARGANTUA ». — On a souvent dit combien la composition des romans de Rabelais ressemblait à celle des romans de chevalerie, décrivant en trois temps la vie de ses héros : la naissance, l'enfance et l'éducation, l'expérience et les prouesses. Certes le *Gargantua* suit très schématiquement ce plan, et ce respect témoigne certainement d'une intention parodique. S'arrêter là pourtant, c'est, je crois, voir les choses de loin : la naissance du héros tient en deux chapitres (VI et VII), ce qui est peu pour une partie. En fait la division ternaire vaut, mais d'une autre façon, qui n'exclut d'ailleurs pas le schéma précédent. Les vingt-cinq premiers chapitres ont pour centre le personnage de Gargantua : naissance, enfance et éducation sont présentées, d'abord par une description burlesque, puis grâce à l'un des thèmes romanesques essentiels, le voyage. Enfermé dans le cercle familial, le héros ne progresse pas, n'apprend rien; tout change au moment où il quitte le toit paternel pour faire l'expérience des hommes. D'une certaine manière la route est déjà l'école de la vie, et Rabelais exploite ce qui sera la base des romans picaresques. Récit d'un apprentissage, ce premier temps comprend trois mouvements : la prime enfance, les mauvais maîtres, les bons maîtres; cet ordre lui confère un ton où la satire domine. Les vingt-cinq chapitres suivants content la guerre picrocholine; une fois le héros « institué », il affronte le monde, non plus pour s'instruire, mais pour en combattre le mal. Incident originel, victoire temporaire des mauvais, victoire finale des bons, permettent à Rabelais de parcourir, à sa manière, les étapes normales d'une épopée. Le centre de cet épisode n'est plus le seul Gargantua, Picrochole, l'adversaire, et surtout Frère Jean, l'associé, jouent des rôles essentiels. Les événements ne se rapportent pas tant à l'éducation qu'à la politique. Restent les huit chapitres de la fin, qui décrivent l'abbaye de Thélème, récompense accordée au moine pour faits de guerre. La fiction, amoureusement ciselée, définit tout un programme moral et religieux. L'important (et en un sens le sérieux) des propositions confère à ces huit courts chapitres un poids décisif. Achevant l'œuvre, ils semblent en donner le sens ou du moins l'un des sens, et l'ouvrent délibérément sur l'avenir de l'humanité.

Cette structure coïncide trop bien avec les préoccupations de l'humanisme naissant pour qu'elle soit l'effet du hasard ou une simple vue de l'esprit. Education, politique, morale et religion sont les thèmes essentiels des traités dits sérieux; les retrouver, dans cet ordre, à travers un roman parodique, burlesque, et trop souvent pris pour une énorme plaisanterie, témoigne que Rabelais se voulait, pour qui faisait l'effort de le lire, autre que bouffon. Il prenait, dès le *Prologue*, bien soin d'en avertir son lecteur; l'apologue des Silenes, « petites boites, telles que voyons de present es bouticques des apothecaires, pinctes au dessus de figures joyeuses et frivoles... contrefaictes à plaisir pour exciter le monde à rire...; mais au dedans l'on reservoit les fines drogues... », la trogne de Socrate, l'habit et le moine, l'os et la moelle — « la sustantificque mouelle » — sont autant d'indications claires, d'invitations à ne pas se contenter de rire des « figures joyeuses » de l'apparence, à passer outre le divertissement. Le maître bouffon est aussi maître à penser, ou à vivre; et parce que bouffon, bon maître.

« QUELQUE OS MEDULARE ». — A plus d'une remarque passagère, on connaissait que la fantaisie n'avait pas toute la gratuité qu'il semblait. Les plaisanteries dont les pédants sont l'objet atteignent, si l'on veut bien les rassembler, à la cohérence d'une critique. Les formes pédagogiques en vigueur depuis plus de deux siècles ne correspondent plus au niveau de connaissance qu'on atteint en ce début de la Renaissance. Un cadre demeure, figé et pesant, avec ses classifications et ses schémas de pensée trop étroitement et clairement formulés pour englober l'espace du savoir présent et à venir. Désuet et inadapté, on le subit encore, mais on le rejette. Rabelais le couvre de ridicule, avec une insistance qui en dit long sur la persistance de la tradition scolastique. Maître Tubal Holoferne surgit du Moyen Age, d'un Moyen Age qu'on voue déjà à l'obscurité, pour offrir sa panse aux traits de la critique; il prodigue doctement un enseignement ridicule, fondé sur la mémoire mécanique et l'habitude : il « luy aprint sa charte si bien qu'il la disoit par cueur au rebours; et y fut cinq ans et troys mois » (chap. XIV), ce qui est beaucoup pour un simple alphabet. Durant treize ans six mois et deux semaines, il fait à Gargantua des lectures de la grammaire latine, de traités de civilité et de morale. Il meurt, mais Jobelin Bridé poursuit dans la même voie l'œuvre entreprise. Après trente-sept années d'études sous la férule de Tubal (et quelques autres après sa mort), Grandgousier s'aperçoit que son fils « estudioit très bien et y mettoit tout son temps, toutesfoys qu'en rien ne prouffitoit et, que pis est, en devenoit fou, niays, tout resveux et rassoté » (chap. XV). Quel autre résultat pouvait-il raisonnablement attendre d'une telle éducation ? Réduit au rôle de contenant, l'enfant avait à absorber mécaniquement, à enfermer dans sa mémoire, quelques-unes des œuvres qui composaient le savoir. En outre, le savoir figurait un absolu en dehors duquel rien n'avait de valeur, un monde clos, fermé sur lui-même, intemporel et dénué de toute réalité. Le clerc sait les livres, mais non vivre. Un enfant de douze ans sait mieux que lui se conduire, la comparaison entre Eudemon et Gargantua met le savant de la vieille école en fâcheuse posture. Un parallèle entre deux journées de Gargantua, l'une « selon la discipline de ses precepteurs sophistes » (chap. XXI-XXII), l'autre selon Ponocrates, le précepteur éclairé (chap. XXIII-XXIV), permet de dégager certaines idées de Rabelais en matière d'éducation. Il convient d'abord de disposer d'un sujet intact; Ponocrates fait purger Gargantua pour nettoyer la place de ce qui l'encombre inutilement : « par ce moyen aussi Ponocrates luy feist oublier tout ce qu'il avoit apris soubz ses antiques precepteurs ». Ensuite, de ne pas perdre une seconde — sans doute pour rattraper le temps perdu — de manière à pouvoir concilier un enseignement théorique, un enseignement appliqué, une pratique des arts (de la musique essentiellement), et des exercices physiques dans une même journée. De quatre heures du matin jusqu'à la pleine nuit, aucun instant n'est laissé libre, ou vide. Ce programme soigneusement dosé, mais démesuré, présente des caractéristiques étonnantes. La base en est, comme dans la vieille école, la mémoire; seule la forme orale en est décrite, il n'y en a pas d'autre. Aucune information n'est dispensée qu'elle ne soit discutée, mise à l'épreuve des faits; l'autorité ne fait pas loi. Une place importante, sinon décisive, est accordée aux métiers manuels : « ... ou alloient veoir comment on tiroit les metaulx, ou comment on fondoit l'artillerye, ou alloient veoir les lapidaires, orfevres et tailleurs de pierreries... » (chap. XXIV); l'éducation rejoint enfin la vie et permet de la comprendre; le savoir s'accroît sans cesse, les matières d'enseignement sont innombrables. Le carcan scolastique brisé, toutes les possibilités sont offertes. Le programme si dense que Ponocrates établit pour Gargantua est à l'image du personnage, surhumain, gigantesque, Rabelais ne l'ignore pas; veut-il qu'on le suive point par point ? on peut en douter. Certes « l'homme complet » demeure, pour longtemps, un rêve poursuivi, celui d'un homme capable d'assimiler la connaissance de toutes les activités humaines, Pic de La Mirandole, un modèle. Mais, plus humblement, Rabelais témoigne par son inventaire passionné et méticuleux que le propre de l'homme n'est pas seulement le rire, mais aussi la curiosité. Sans doute n'est-il pas nécessaire de tout savoir pour trouver grâce à ses yeux; ce qu'il réprouve assurément dans les formes désuètes et étouffantes d'un enseignement suranné appartient plus à l'ordre des vertus qu'à celui du savoir : la paresse intellectuelle, la suffisance, l'absence de lien avec la vie, le manque de curiosité encyclopédique. Plus qu'un programme précis, Rabelais donne un aperçu d'un savoir possible : il y a tant à faire que Ponocrates utilise tous les instants, réglant jusqu'au plus petit détail de la vie quotidienne.

Cet enseignement, proportionné au personnage, l'est aussi à la fonction à laquelle l'appelle sa naissance. Gargantua, fils de roi, régnera à son tour; Ponocrates compose, à sa manière, une *Institution du Prince*. Pour bien régner, le prince ne doit rien ignorer de ce que contient son royaume. L'épisode de la guerre picrocholine confronte les divers types de dirigeants, et dessine le modèle auquel le jeune souverain devra se conformer pour être un bon prince chrétien. Trois sortes de monarques dévoilent leurs secrets à travers trois personnages : Grandgousier, Gargantua, Picrochole. Picrochole figure le tyran; colérique, comme son nom l'indique, il réagit selon ses émotions ou son humeur, sans envisager d'autre aspect que sa propre personne : « lequel incontinent entra en courroux furieux, et sans plus outre se interroguer quoy ne comment, feist crier par son pays ban et arriere ban... »

(chap. xxvi). Son pouvoir, fondé sur la force, n'a d'autre but ni moyen que la violence. La guerre, qu'il entreprend sans raison, ne peut en aucune manière se justifier, elle ne défend rien, elle attaque et vise à l'expansion : « Adoncques sans ordre et mesure prindrent les champs les uns parmy les aultres, gastans et dissipans tout par où ilz passoient, sans espargner ny pauvre, ny riche, ny lieu sacré, ny prophane » (chap. xxvi). L'absence de raison dans l'exercice du pouvoir caractérise le régime tyrannique. Rabelais peint même jusqu'au détail la cour du tyran, telle que l'ont décrite les Anciens avec les despotes orientaux, Erasme ou Budé avec leurs fictions morales : le pouvoir placé entre les mains d'un homme que dominent ses passions est l'objet de sollicitations irrationnelles, la cour fait assaut de folie. Le chapitre xxxiii exprime sous la forme d'une scène de genre la même condamnation que porte, un peu plus tard, La Boétie dans sa *Servitude volontaire* : « Toujours il a esté, que cinq ou six ont eu l'oreille du tyran, et s'y sont approchés d'eux-mêmes, ou bien ont été appelés par lui, pour être les complices de ses cruautés, les compagnons de ses plaisirs, maquereaux de ses voluptés, et communs aux biens de ses pilleries »; Menuail, Spadassin et Merdaille répondent exactement à la définition que donne La Boétie des bas flatteurs de la déraison despotique. Ajoutons au blâme que Picrochole n'a pas toujours été tyran, son pouvoir politique possède une origine légale; s'il dégénère, c'est parce qu'il tombe en folie. Roi à l'origine, il n'est tyran que d'exercice — selon les classifications rigoureuses de J. Bodin. Sa victime provisoire, Grandgousier, ressemble fort au portrait mythique que les penseurs politiques du temps, Seyssel en particulier dans sa *Monarchie*, tracent de Louis XII. Souverain féodal, il conçoit l'Etat comme son bien et ses sujets comme ses enfants. Il entretient avec son voisin un rapport plus personnel qu'officiel : « Picrochole, mon amy ancien de tout temps, de toute race et alliance... » (chap. xxviii) se lamente-t-il. Plein d'une bienveillance paternelle, il retarde dans la mesure du possible le conflit, et ne veut s'engager qu'après examen des torts respectifs et mûre délibération : « Ma deliberation n'est de provocquer, ains de apaiser; d'assaillir, mais defendre; de conquestes, mais de guarder mes feaulx subjectz et terres hereditaires » écrit-il à Gargantua. Débonnaire par tempérament plus que par réflexion, il semble appartenir au bon vieux temps d'un âge d'or révolu. Avant même sa mort, Gargantua prend, dans la pratique, sa succession. En un seul discours aux vaincus (chap. L), le jeune prince s'affirme comme le modèle du souverain selon les désirs des humanistes : piété, justice, intérêt pour la science et les lettres, il correspond au portrait, mythique lui aussi, que l'histoire a fait de François Ier. Déjà plus conscient que son père de ce qu'il gouverne un Etat, sa vertu essentielle ne réside plus seulement dans son caractère, mais surtout dans l'équilibre volontaire de ses décisions. Avec lui, la raison entre dans la politique. Sa sévérité dans le châtiment atteint à un meilleur résultat pratique que la mansuétude de Grandgousier. Le père n'avait pas empêché, avec toute sa « débonnaireté héréditaire », Toucquedillon de se faire percer de coups et la guerre de se poursuivre. La rigueur du fils établit la paix : « Je considere que facilité trop enervée et dissolue de pardonner es malfaisans leur est occasion de plus legierement derechief mal faire par ceste pernicieuse confiance de grace » (chap. L). La guerre picrocholine, née de la mauvaise volonté ou même malhonnêteté d'un fouacier, de la déraison d'un tyran, s'achève dans le triomphe de la vertu, de la raison et de la foi : « Dieu soit avecques vous! » proclame Gargantua, le prince juste selon Dieu.

Irreligion ou religion de Rabelais, les avis ont différé avec les générations d'exégètes. Il ne faut pas se hâter de conclure, mais « ouvrir le livre et soigneusement peser ce que y est deduict » *(Prologue)*. Indiscutablement, le conteur rejette des formes religieuses que vit son époque. La satire des mœurs conventuelles appartenait certes au registre habituel des écrits comiques du Moyen Age, mais Rabelais y insiste trop pour qu'on croie à une tradition pure et simple. Les théologiens apparaissent dans les premières éditions partout où le mot « sophiste » reste après 1542. La harangue de Bragmardo (chap. XIX) moque les usages comme les préceptes d'Holoferne critiquaient l'enseignement scolastique. Frère Jean des Entommeures, bon moine qui sacre comme diable, encourage ses interlocuteurs à moquer l'état monastique; fort de cette caution, Gargantua argumente de façon très sérieuse : « il n'y a rien si vrai que le froc et la cogule tire à soy les opprobres, injures et maledictions du monde... », « ... un moyne... ne laboure comme le paisant, ne garde le pays comme l'homme de guerre, ne guerist les malades comme le medicin... » (chap. XL). Ce n'est pas à dire que Rabelais penche vers l'incroyance. S'il dénonce les travers ou les vices de l'Eglise, les superstitions païennes des pèlerinages (chap. XLV), il ne semble guère aller plus loin qu'Erasme ou Marguerite de Navarre (pour qui, dans l'*Heptaméron*, le cordelier est une cible de choix), Lefèvre d'Etaples ou Briçonnet. Pourquoi suspecter la foi de Rabelais quand on admet, et respecte, celle de ses maîtres et amis qui ont souvent, plus que lui, la dent dure. Lorsqu'il évoque le sot peuple de Paris, il regrette son peu d'intérêt pour « un bon prescheur evangelicque » (chap. XVII), lorsqu'il critique les moines, il leur reproche de ne prêcher ni endoctriner « le monde comme le bon docteur evangelicque et pedagoge » (chap. XL), lorsqu'il donne des conseils aux pèlerins, il les exhorte : « Vivez comme vous enseigne le bon apostre Sainct Paoul » (chap. XLV). Il s'affirme ainsi croyant sincère et ses propos appellent à une foi, épurée certes, mais pleinement orthodoxe. « Tous vrays christians, de tous estatz, en tous lieux, en tous temps, prient Dieu, et l'Esperit prie et interpelle pour iceulx, et Dieu les prent en grace » (chap. XL).

Reste l'utopie thélémite. Rabelais achève par un conte sa fresque parodique, ici encore c'est un « silène »; les figures peintes n'appartiennent pas à l'ordre du grotesque mais à celui du merveilleux, elles ne cherchent pas à faire rire, plutôt à étonner. Par le truchement de cette fiction modelée à plaisir et ouvragée comme une enluminure, le conteur témoigne qu'il est aussi magicien. Plus : après l'institution des enfants, il donne sa leçon à l'adulte. L'abbaye de Thélème, fondée par un moine peu ordinaire, enseigne une morale neuve. Comme Ponocrates devait purger Gargantua avant de l'instruire, Frère Jean édicte d'abord des règles paradoxales : pas de clôture à ce monastère, ni d'horaire, ni de séparation des sexes... Tout, dans les dispositions matérielles prises par le moine fondateur, suit le même modèle : le couvent devient un lieu d'agrément. L'individu y acquiert enfin le droit d'être responsable de ses actes : « toute leur vie estoit employée non par loix, statutz ou reigles, mais selon leur vouloir et franc arbitre » (chap. LVII). La discipline, intériorisée, relève désormais de la conscience personnelle; elle est loin de disparaître : sa maxime se transforme, il faut maintenant *se* prêter attention. L'optimisme, qui fait écrire que « gens liberes, bien nez, bien instruicts... ont par nature un instinct et aguillon, qui tousjours les poulse à faictz vertueux et retire de vice... » (chap. LVII), a cours dans une fiction qui dépeint le monastère des philosophes, un monastère « en idee, sans effet » comme dit J. Bodin de l'*Utopie* de Th. More. La leçon symbolique en demeure : par l'éducation et la conscience de soi, l'homme pourrait — ou pourra — vivre en harmonie avec son semblable et s'épanouir parfaitement; nul n'est méchant volontairement. On a pu faire de cette abbaye de Thélème une sorte de plaisanterie au sujet du livre de B. Castiglione, *Il corteggiano*, bible des usages de cour et des mœurs de l'honnêteté, depuis son introduction en France après Marignan. Rapprochement pertinent, mais réducteur : l'abbaye est plus qu'une « merveille », plus qu'un guide parodique du savoir-vivre. En fait le plaisant chroniqueur des géants apporte sa contribution à la tradition platonicienne.

Pour dire ses vérités, Rabelais n'a pas écrit un traité, mais un roman, où la truculence constitue, aussi, une vérité. La plaisanterie n'a pas pour fonction de faire admettre des « leçons » sérieuses, elle existe elle-même comme leçon, elle exprime une joie de vivre et une certitude de la bonté humaine qui doit inciter à la confiance. Ces géants donnent un exemple d'humilité : accomplissons benoîtement notre nature d'homme, le ciel fera le reste.

Jean-Yves POUILLOUX.

LA VIE TRES HORRIFICQUE
DU GRAND GARGANTUA
PERE DE PANTAGRUEL

JADIS COMPOSÉE PAR M. ALCOFRIBAS
Abstracteur de Quinte Essence

Livre plein de Pantagruelisme

M. D. XLII.

On les vend à Lyon chez Françoys Juste,

Devant Nostre Dame de Confort.

AUX LECTEURS

Amis lecteurs, qui ce livre lisez,
Despouillez vous de toute affection,
Et, le lisant, ne vous scandalisez :
Il ne contient mal ne infection.
Vray est qu'icy peu de perfection
Vous apprendrez, si non en cas de rire;
Aultre argument ne peut mon cueur elire,
Voyant le dueil qui vous mine et consomme :
Mieulx est de ris que de larmes escripre,
Pour ce que rire est le propre de l'homme.

PROLOGE DE L'AUTEUR

Beuveurs tres illustres, et vous, Verolez tres precieux, — car à vous, non à aultres, sont dediez mes escriptz, — Alcibiades, ou dialoge de Platon intitulé *Le Bancquet*, louant son precepteur Socrates, sans controverse prince des philosophes, entre aultres parolles le dict estre semblable es Silenes. Silenes estoient jadis petites boites, telles que voyons de present es bouticques des apothecaires, pinctes au dessus de figures joyeuses et frivoles, comme de harpies, satyres, oysons bridez, lievres cornuz, canes bastées, boucqs volans, cerfz limonniers et aultres telles pinctures contrefaictes à plaisir pour exciter le monde à rire (quel fut Silene, maistre du bon Bacchus); mais au dedans l'on reservoit les fines drogues comme baulme, ambre gris, amomon, musc, zivette, pierreries et aultres choses precieuses. Tel disoit estre Socrates, parce que, le voyans au dehors et l'estimans par l'exteriore apparence, n'en eussiez donné un coupeau d'oignon, tant laid il estoit de corps et ridicule en son maintien, le nez pointu, le reguard d'un taureau, le visaige d'un fol, simple en meurs, rustiq en vestimens, pauvre de fortune, infortuné en femmes, inepte à tous offices de la republique, tousjours riant, tousjours beuvant d'autant à un chascun, tousjours se guabelant, tousjours dissimulant son divin sçavoir; mais, ouvrans ceste boyte, eussiez au dedans trouvé une celeste et impreciable drogue : entendement plus que humain, vertus merveilleuse, couraige invincible, sobresse non pareille, contentement certain, asseurance parfaicte, deprisement incroyable de tout ce pourquoy les humains tant veiglent, courent, travaillent, navigent et bataillent.

A quel propos, en voustre advis, tend ce prelude et coup d'essay ? Par autant que vous, mes bons disciples, et quelques aultres foulz de sejour, lisans les joyeulx tiltres d'aulcuns livres de nostre invention, comme *Gargantua*, *Pantagruel*, *Fessepinte*, *La Dignité des Braguettes*, *Des Poys au lard cum commento*, etc., jugez trop facillement ne estre au dedans traicté que mocqueries, folateries et menteries joyeuses, veu que l'ensigne exteriore (c'est le tiltre) sans plus avant enquerir est communement receu à derision et gaudisserie. Mais par telle legiereté ne convient estimer les œuvres des humains. Car vous mesmes dictes que l'habit ne faict poinct le moine, et tel est vestu d'habit monachal qui au dedans n'est rien moins que moyne, et tel est vestu de cappe Hespanole qui en son couraige nullement affiert à Hespane. C'est pourquoy fault ouvrir le livre et soigneusement peser ce que y est deduict. Lors congnoistrez que la drogue dedans contenue est bien d'aultre valeur que ne promettoit la boite, c'est à dire que les matieres icy traictées ne sont tant folastres comme le tiltre au dessus pretendoit.

Et, posé le cas qu'au sens literal vous trouvez matieres assez joyeuses et bien correspondentes au nom, toutesfois pas demourer là ne fault comme au chant de Sirenes, ains à plus hault sens interpreter ce que par adventure cuidiez dict en gayeté de cueur.

Crochetastes vous oncques bouteilles ? Caisgne ! Reduisez à memoire la contenence qu'aviez. Mais veistes vous onques chien rencontrant quelque os medulare ? C'est, comme dict Platon, *lib. ij de Rep.*, la beste du monde plus philosophe. Si veu l'avez, vous avez peu noter de quelle devotion il le guette, de quel soing il le guarde, de quel ferveur il le tient, de quelle prudence il l'entomme, de quelle affection il le brise, et de quelle diligence il le sugce. Qui le induict à ce faire ? Quel est l'espoir de son estude ? Quel bien pretend il ? Rien plus q'un peu de mouelle. Vray est que ce peu plus est delicieux que le beaucoup de toutes aultres, pour ce que la mouelle est aliment elabouré à perfection de nature, comme dict Galen., *iij Facu. natural.*, et *xj De usu parti.*

A l'exemple d'icelluy vous convient estre saiges, pour fleurer, sentir et estimer ces beaulx livres de haulte gresse, legiers au prochaz et hardiz à la rencontre ; puis, par curieuse leçon et meditation frequente, rompre l'os et sugcer la sustantificque mouelle — c'est à dire ce que j'entends par ces symboles Pythagoricques — avecques espoir certain d'estre faictz escors et preux à ladicte lecture ; car en icelle bien aultre goust trouverez et doctrine plus absconce, laquelle vous revelera de tres haultz sacremens et mysteres horrificques, tant en ce que concerne nostre religion que aussi l'estat politicq et vie oeconomicque.

Croiez vous en vostre foy qu'oncques Homere, escrivent l'*Iliade* et *Odyssée*, pensast es allegories lesquelles de luy ont calfreté Plutarche, Heraclides Ponticq, Eustatie, Phornute, et ce que d'iceulx Politian a desrobé ? Si le croiez, vous n'approchez ne de pieds ne de mains à mon opinion, qui decrete icelles aussi peu avoir esté songées d'Homere que d'Ovide en ses *Metamorphoses* les sacremens de l'Evangile, lesquelz un Frere Lubin, vray croque lardon, s'est efforcé demonstrer, si d'adventure il rencontroit gens aussi folz que luy, et (comme dict le proverbe) couvercle digne du chaudron.

Si ne le croiez, quelle cause est pourquoy autant n'en ferez de ces joyeuses et nouvelles chronicques, combien que, les dictans, n'y pensasse en plus que vous, qui par adventure beviez comme moy ? Car, à la composition de ce livre seigneurial, je ne perdiz ne emploiay oncques plus ny aultre temps que celluy qui estoit estably à prendre ma refection corporelle, sçavoir est beuvant et mangeant. Aussi est ce la juste heure d'escrire ces haultes matieres et sciences profundes, comme bien faire sçavoit Homere, paragon de tous philologes, et Ennie, pere des poetes latins, ainsi que tesmoigne Horace, quoy qu'un malautru ait dict que ses carmes sentoyent plus le vin que l'huile.

Autant en dict un tirelupin de mes livres; mais bren pour luy! L'odeur du vin, ô combien plus est friant, riant, priant, plus celeste et delicieux que d'huille! Et prendray autant à gloire qu'on die de moy que plus en vin aye despendu que en huyle, que fist Demosthenes quand de luy on disoit que plus en huyle que en vin despendoit. A moy n'est que honneur et gloire d'estre dict et reputé bon gaultier et bon compaignon, et en ce nom suis bien venu en toutes bonnes compaignies de Pantagruelistes. A Demosthenes fut reproché par un chagrin que ses *Oraisons* sentoient comme la serpilliere d'un ord et sale huillier. Pour tant, interpretez tous mes faictz et mes dictz en la perfectissime partie; ayez en reverence le cerveau caseiforme qui vous paist de ces belles billes vezées, et, à vostre povoir, tenez moy tousjours joyeux.

Or esbaudissez vous, mes amours, et guayement lisez le reste, tout à l'aise du corps et au profit des reins! Mais escoutez, vietz d'azes, — que le maulubec vous trousque! — vous soubvienne de boyre à my pour la pareille, et je vous plegeray tout ares metys.

De la genealogie et antiquité de Gargantua.

CHAPITRE I

Je vous remectz à la grande chronicque Pantagrueline recongnoistre la genealogie et antiquité dont nous est venu Gargantua. En icelle vous entendrez plus au long comment les geands nasquirent en ce monde, et comment d'iceulx, par lignes directes, yssit Gargantua, pere de Pantagruel, et ne vous faschera si pour le present je m'en deporte, combien que la chose soit telle que, tant plus seroit remembrée, tant plus elle plairoit à voz Seigneuries; comme vous avez l'autorité de Platon, *in Philebo* et *Gorgias*, et de Flacce, qui dict estre aulcuns propos, telz que ceulx cy sans doubte, qui plus sont delectables quand plus souvent sont redictz.

Pleust à Dieu qu'un chascun sceust aussi certainement sa genealogie, depuis l'arche de Noë jusques à cest eage! Je pense que plusieurs sont aujourd'huy empereurs, roys, ducz, princes et papes en la terre, lesquelz sont descenduz de quelques porteurs de rogatons et de coustretz, comme, au rebours, plusieurs sont gueux de l'hostiaire, souffreteux et miserables, lesquelz sont descenduz de sang et ligne de grandz roys et empereurs, attendu l'admirable transport des regnes et empires :

des Assyriens es Medes,
des Medes es Perses,
des Perses es Macedones,
des Macedones es Romains,
des Romains es Grecz,
des Grecz es Françoys.

Et, pour vous donner à entendre de moy qui parle, je cuyde que soye descendu de quelque riche roy ou prince au temps jadis; car oncques ne veistes homme qui eust plus grande affection d'estre roy et riche que moy, affin de faire grand chere, pas ne travailler, poinct ne me soucier, et bien enrichir mes amys et tous gens de bien et de sçavoir. Mais en ce je me reconforte que en l'aultre monde je le seray, voyre plus grand que de present ne l'auseroye soubhaitter. Vous en telle ou meilleure pensée reconfortez vostre malheur, et beuvez fraiz, si faire se peut.

Retournant à noz moutons, je vous dictz que par don souverain des cieulx nous a esté réservée l'antiquité et geneallogie de Gargantua plus entiere que nulle aultre, exceptez celle du Messias, dont je ne parle, car il ne me appartient, aussi les diables (ce sont les calumniateurs et caffars) se y opposent. Et fut trouvée par Jean Audeau en un pré qu'il avoit près l'arceau Gualeau, au dessoubz de l'Olive, tirant à Narsay, duquel faisant lever les fossez, toucherent les piocheurs de leurs marres un grand tombeau de bronze, long sans mesure, car oncques n'en trouverent le bout par ce qu'il entroit trop avant les excluses de Vienne. Icelluy ouvrans en certain lieu, signé, au dessus, d'un goubelet à l'entour duquel estoit escript en lettres Ethrusques : HIC BIBITUR, trouverent neuf flaccons en tel ordre qu'on assiet les quilles en Guascoigne, desquelz celluy qui au mylieu estoit couvroit un gros, gras, grand, gris, joly, petit, moisy livret, plus, mais non mieulx sentent que roses.

En icelluy fut ladicte genealogie trouvée, escripte au long de lettres cancelleresques, non en papier, non en parchemin, non en cere, mais en escorce d'ulmeau, tant toutesfoys usées par vetusté qu'à poine en povoit on troys recongnoistre de ranc.

Je (combien que indigne) y fuz appellé, et, à grand renfort de bezicles, practicant l'art dont on peut lire lettres non apparentes, comme enseigne Aristoteles, la translatay, ainsi que veoir pourrez en Pantagruelisant, c'est à dire beuvans à gré et lisans les gestes horrificques de Pantagruel.

A la fin du livre estoit un petit traicté intitulé : *Les Franfreluches antidotées.* Les ratz et blattes, ou (affin que je ne mente) aultres malignes bestes, avoient brousté le commencement; le reste j'ay cy dessoubz adjousté, par reverence de l'antiquaille.

Les Fanfreluches antidotées,
trouvées en un monument antique.

CHAPITRE II

a i ? enu le grand dompteur des Cimbres,
ỹ sant par l'aer, de peur de la rousée.
' sa venue on a remply les timbres
ɔ' beure fraiz, tombant par une housée.
= uquel quand fut la grand mere arrousée,
Cria tout hault : « Hers, par grace, pesche le;
Car sa barbe est presque toute embousée,
Ou pour le moins tenez luy une eschelle. »

Aulcuns disoient que leicher sa pantoufle
Estoit meilleur que guaigner les pardons;
Mais il survint un affecté marroufle,
Sorti du creux où l'on pesche aux gardons,
Qui dict : « Messieurs, pour Dieu nous en gardons!
L'anguille y est et en cest estau musse;
Là trouverez (si de près regardons)
Une grande tare au fond de son aumusse. »

Quand fut au poinct de lire le chapitre,
On n'y trouva que les cornes d'un veau :
« Je (disoit il) sens le fond de ma mitre
Si froid que autour me morfond le cerveau. »
On l'eschaufa d'un parfunct de naveau,
Et fut content de soy tenir es atres,
Pourveu qu'on feist un limonnier noveau
A tant de gens qui sont acariatres.

Leur propos fut du trou de sainct Patrice,
De Gilbathar, et de mille aultres trous :
S'on les pourroit reduire à cicatrice
Par tel moien que plus n'eussent la tous,

Veu qu'il sembloit impertinent à tous
Les veoir ainsi à chascun vent baisler;
Si d'adventure ilz estoient à poinct clous,
On les pourroit pour houstage bailler.

En cest arrest le courbeau fut pelé
Par Hercules, qui venoit de Libye.
« Quoy! dist Minos, que n'y suis je appellé ?
Excepté moy, tout le monde on convie,
Et puis l'on veult que passe mon envie
A les fournir d'huytres et de grenoilles;
Je donne au diable en quas que de ma vie
Preigne à mercy leur vente de quenoilles. »

Pour les matter survint Q. B. qui clope,
Au sauconduit des mistes sansonnetz.
Le tamiseur, cousin du grand Cyclope,
Les massacra. Chascun mousche son nez :
En ce gueret peu de bougrins sont nez,
Qu'on n'ait berné sus le moulin à tan.
Courrez y tous et à l'arme sonnez :
Plus y aurez que n'y eustes antan.

Bien peu après, l'oyseau de Jupiter
Delibera pariser pour le pire,
Mais, les voyant tant fort se despiter,
Craignit qu'on mist ras, jus, bas, mat l'empire,
Et mieulx ayma le feu du ciel empire
Au tronc ravir où l'on vend les soretz,
Que aer serain, contre qui l'on conspire,
Assubjectir es dictz des Massoretz.

Le tout conclud fut à poincte affilée,
Maulgré Até, la cuisse heronniere,
Que là s'asist, voyant Pentasilée
Sur ses vieux ans prinse pour cressonniere.
Chascun crioit : « Vilaine charbonniere,
T'appartient-il toy trouver par chemin ?
Tu la tolluz, la Romaine baniere
Qu'on avoit faict au traict du parchemin! »

Ne fust Juno, que dessoubz l'arc celeste
Avec son duc tendoit à la pipée,
On luy eust faict un tour si très moleste

Que de tous poincts elle eust esté frippée.
L'accord fut tel que d'icelle lippée
Elle en auroit deux œufz de Proserpine,
Et, si jamais elle y estoit grippée,
On la lieroit au mont de l'albespine.

Sept moys après — houstez en vingt et deux —
Cil qui jadis anihila Carthage
Courtoysement se mist en mylieu d'eux,
Les requerent d'avoir son heritage,
Ou bien qu'on feist justement le partage
Selon la loy que l'on tire au rivet,
Distribuent un tatin du potage
A ses facquins qui firent le brevet.

Mais l'an viendra, signé d'un arc turquoys,
De v. fuseaulx et troys culz de marmite,
Onquel le dos d'un roy trop peu courtoys
Poyvré sera soubz un habit d'hermite.
O la pitié! Pour une chattemite
Laisserez vous engouffrer tant d'arpens ?
Cessez, cessez! ce masque nul n'imite;
Retirez vous au frere des serpens.

Cest an passé, cil qui est regnera
Paisiblement avec ses bons amis.
Ny brusq ny smach lors ne dominera;
Tout bon vouloir aura son compromis,
Et le solas, qui jadis fut promis
Es gens du ciel, viendra en son befroy;
Lors les haratz, qui estoient estommis,
Triumpheront en royal palefroy.

Et durera ce temps de passe passe
Jusques à tant que Mars ayt les empas.
Puis en viendra un qui tous aultres passe,
Delitieux, plaisant, beau sans compas.
Levez vos cueurs, tendez à ce repas,
Tous mes feaulx, car tel est trespassé
Qui pour tout bien ne retourneroit pas,
Tant sera lors clamé le temps passé.

Finablement, celluy qui fut de cire
Sera logé au gond du Jacquemart.

Plus ne sera reclamé : « Cyre, Cyre »,
Le brimbaleur qui tient le cocquemart.
Heu, qui pourroit saisir son braquemart,
Toust seroient netz les tintouins cabus,
Et pourroit on, à fil de poulemart,
Tout baffouer le maguazin d'abus.

Comment Gargantua fut unze moys porté ou ventre de sa mere.

CHAPITRE III

Grandgousier estoit bon raillard en son temps, aymant à boyre net autant que homme qui pour lors fust au monde, et mangeoit voluntiers salé. A ceste fin, avoit ordinairement bonne munition de jambons de Magence et de Baionne, force langues de beuf fumées, abondance de andouilles en la saison et beuf sallé à la moustarde, renfort de boutargues, provision de saulcisses, non de Bouloigne (car il craignoit ly boucon de Lombard), mais de Bigorre, de Lonquaulnay, de la Brene et de Rouargue.

En son eage virile espousa Gargamelle, fille du roy des Parpaillos, belle gouge et de bonne troigne, et faisoient eux deux souvent ensemble la beste à deux doz, joyeusement se frotans leur lard, tant qu'elle engroissa d'un beau filz et le porta jusques à l'unziesme moys.

Car autant, voire dadvantage, peuvent les femmes ventre porter, mesmement quand c'est quelque chef d'œuvre et personnage que doibve en son temps faire grandes prouesses, comme dict Homere que l'enfant duquel Neptune engroissa la nymphe nasquit l'an après revolu : ce fut le douziesme moys. Car (comme dit A. Gelle, *lib. iij*), ce long temps convenoit à la majesté de Neptune, affin qu'en icelluy l'enfant feust formé à perfection. A pareille raison, Jupiter feist durer xlviij heures la nuyct qu'il coucha avecques Alcmene, car en moins de temps n'eust il peu forger Hercules qui nettoia le monde de monstres et tyrans.

Messieurs les anciens Pantagruelistes ont conformé

ce que je dis et ont declairé non seulement possible, mais aussi legitime, l'enfant né de femme l'unziesme moys après la mort de son mary :

Hippocrates, *lib. De alimento*,
Pline, *li. vij, cap. v*,
Plaute, *in Cistellaria*,
Marcus Varro, en la satyre inscripte *Le Testament*, allegant l'autorité d'Aristoteles à ce propos,
Censorinus, *li. De die natali*,
Aristoteles, *libr. vij, capi. iij et iiij, De nat. animalium*,
Gellius, *li. iij, ca. xvj*,
Servius, *in Egl.*, exposant ce metre de Virgile :

Matri longa decem, etc.,

et mille aultres folz, le nombre desquelz a esté par les legistes acreu, *ff. De suis et legit.*, *l. Intestato*, § *fi.*, et, *in Autent.*, *De restitut. et ea que parit in xj mense.* D'abondant en ont chaffourré leur robidilardicque loy *Gallus, ff. De lib. et posthu., et l. septimo ff. De stat. homi.*, et quelques aultres, que pour le present dire n'ause. Moiennans lesquelles loys, les femmes vefves peuvent franchement jouer du serrecropiere à tous enviz et toutes restes, deux moys après le trespas de leurs mariz.

Je vous prie par grace, vous aultres mes bons averlans, si d'icelles en trouvez que vaillent le desbraguetter, montez dessus et me les amenez.

Car, si au troisiesme moys elles engroissent, leur fruict sera heritier du deffunct; et, la groisse congneue, poussent hardiment oultre, et vogue la gualée puis que la panse est pleine! — comme Julie, fille de l'empereur Octavian, ne se abandonnoit à ses taboureurs sinon quand elle se sentoit grosse, à la forme que la navire ne reçoit son pilot que premierement ne soit callafatée et chargée. Et, si personne les blasme de soy faire rataconniculer ainsi suz leur groisse, veu que les bestes suz leur ventrées n'endurent jamais le masle masculant, elles responderont que ce sont bestes, mais elles sont femmes, bien entendentes les beaulx et joyeux menuz droictz de superfection, comme jadis respondit Populie, selon le raport de Macrobe, *li. ij Saturnal.*

Si le diavol ne veult qu'elles engroissent, il fauldra tortre le douzil, et bouche clouse.

Comment Gargamelle, estant grosse de Gargantua, mengea grand planté de tripes.

CHAPITRE IV

L'occasion et maniere comment Gargamelle enfanta fut telle, et, si ne le croyez, le fondement vous escappe!

Le fondement luy escappoit une apres dinée, le iij^e jour de febvrier, par trop avoir mangé de gaudebillaux. Gaudebillaux sont grasses tripes de coiraux. Coiraux sont beufz engressez à la creche et prez guimaulx. Prez guimaulx sont qui portent herbe deux fois l'an. D'iceulx gras beufz avoient faict tuer troys cens soixante sept mille et quatorze, pour estre à mardy gras sallez, affin qu'en la prime vere ilz eussent beuf de saison à tas pour, au commencement des repastz, faire commemoration de saleures et mieulx entrer en vin.

Les tripes furent copieuses, comme entendez, et tant friandes estoient que chascun en leichoit ses doigtz. Mais la grande diablerie à quatre personnaiges estoit bien en ce que possible n'estoit longuement les reserver, car elles feussent pourries. Ce que sembloit indecent. Dont fut conclud qu'ilz les bauffreroient sans rien y perdre. A ce faire convierent tous les citadins de Sainnais, de Suillé, de la Roche Clermaud, de Vaugaudray, sans laisser arrieres le Coudray Montpensier, le Gué de Vede et aultres voisins, tous bons beveurs, bons compaignons, et beaulx joueurs de quille là.

Le bon homme Grandgousier y prenoit plaisir bien grand et commendoit que tout allast par escuelles. Disoit toutesfoys à sa femme qu'elle en mangeast le moins, veu qu'elle aprochoit de son terme et que ceste tripaille n'estoit viande moult louable : « Celluy (disoit il) a grande envie de mascher merde, qui d'icelle le sac mangeue. » Non obstant ces remonstrances, elle en mangea seze muiz, deux bussars et six tupins. O belle matiere fecale que doivoit boursouffler en elle!

Après disner, tous allerent pelle melle à la Saulsaie, et là, sus l'herbe drue, dancerent au son des joyeux flageolletz et doulces cornemuses tant baudement que c'estoit passetemps celeste les veoir ainsi soy rigouller.

Les propos des bien yvres.

CHAPITRE V

Puis entrerent en propos de resieuner on propre lieu. Lors flaccons d'aller, jambons de troter, goubeletz de voler, breusses de tinter :

« Tire!

— Baille!

— Tourne!

— Brouille!

— Boutte à moy sans eau; ainsi, mon amy.

— Fouette moy ce verre gualentement!

— Produiz moy du clairet, verre pleurant.

— Treves de soif!

— Ha, faulse fiebvre, ne t'en iras tu pas ?

— Par ma fy, ma commere, je ne peuz entrer en bette.

— Vous estez morfondue, m'amie ?

— Voire.

— Ventre sainct Qenet! parlons de boire.

— Je ne boy que à mes heures, comme la mulle du pape.

— Je ne boy que en mon breviaire, comme un beau pere guardian.

— Qui feut premier, soif ou beuverye ?

— Soif, car qui eust beu sans soif durant le temps de innocence ?

— Beuverye, car *privatio presupponit habitum*. Je suis clerc.

Fœcundi calices quem non fecere disertum ?

— Nous aultres innocens ne beuvons que trop sans soif.

— Non moy, pecheur, sans soif, et, si non presente, pour le moins future, la prevenent comme entendez. Je boy pour la soif advenir. Je boy eternellement. Ce m'est eternité de beuverye, et beuverye de eternité.

— Chantons, beuvons, un motet entonnons!

— Où est mon entonnoir ?

— Quoy! Je ne boy que par procuration!

— Mouillez vous pour seicher, ou vous seichez pour mouiller ?

— Je n'entens poinct la theoricque; de la praticque je me ayde quelque peu.

— Haste!

— Je mouille, je humecte, je boy, et tout de peur de mourir.

— Beuvez tousjours, vous ne mourrez jamais.

— Si je ne boy, je suys à sec, me voylà mort. Mon ame s'en fuyra en quelque grenoillere. En sec jamais l'ame ne habite.

— Somelliers, ô createurs de nouvelles formes, rendez moy de non beuvant beuvant!

— Perannité de arrousement par ces nerveux et secz boyaulx!

— Pour neant boyt qui ne s'en sent.

— Cestuy entre dedans les venes; la pissotiere n'y aura rien.

— Je laveroys voluntiers les tripes de ce veau que j'ay ce matin habillé.

— J'ay bien saburré mon stomach.

— Si le papier de mes schedules beuvoyt aussi bien que je foys, mes crediteurs auroient bien leur vin quand on viendroyt à la formule de exhiber.

— Ceste main vous guaste le nez.

— O quants aultres y entreront avant que cestuy cy en sorte!

— Boyre à si petit gué, c'est pour rompre son poictral.

— Cecy s'appelle pipée à flaccons.

— Quelle difference est entre bouteille et flaccon ?

— Grande, car bouteille est fermée à bouchon, et flaccon à viz.

— De belles!

— Nos peres beurent bien et vuiderent les potz.

— C'est bien chié chanté. Beuvons!

— Cestuy cy va laver les tripes. Voulez vous rien mander à la riviere?

— Je ne boy en plus q'une esponge.

— Je boy comme un templier.

— Et je *tanquam sponsus.*

— Et moy *sicut terra sine aqua.*

— Un synonyme de jambon?

— C'est une compulsoire de beuvettes; c'est un poulain. Par le poulain on descend le vin en cave; par le jambon en l'estomach.

— Or çà, à boire, boire çà! Il n'y a poinct charge. *Respice personam; pone pro duos; bus non est in usu.*

— Si je montois aussi bien comme j'avalle, je feusse pieçà hault en l'aer.

— Ainsi se feist Jacques Cueur riche.

— Ainsi profitent boys en friche.

— Ainsi conquesta Bacchus l'Inde.

— Ainsi philosophie Melinde.

— Petite pluye abat grand vend. Longues beuvettes rompent le tonnoire.

— Mais, si ma couille pissoit telle urine, la vouldriez vous bien sugcer?

— Je retiens après.

— Paige, baille; je t'insinue ma nomination en mon tour.

— Hume, Guillot! Encores y en a il un pot.

— Je me porte pour appellant de soif comme d'abus. Paige, relieve mon appel en forme.

— Ceste roigneure!

— Je souloys jadis boyre tout; maintenant je n'y laisse rien.

— Ne nous hastons pas et amassons bien tout.

— Voycy trippes de jeu et guodebillaux d'envy de ce fauveau à la raye noire. O, pour Dieu, estrillons le à profict de mesnaige!

— Beuvez, ou je vous...

— Non, non!

— Beuvez, je vous en prye.

— Les passereaux ne mangent sinon que on leur tappe les queues; je ne boy sinon qu'on me flatte.

— *Lagona edatera!* Il n'y a raboulliere en tout mon corps où cestuy vin ne furette la soif.

— Cestuy cy me la fouette bien.

— Cestuy cy me la bannira du tout.

— Cornons icy, à son de flaccons et bouteilles, que quiconques aura perdu la soif ne ayt à la chercher ceans : longs clysteres de beuverie l'ont faict vuyder hors le logis.

— Le grand Dieu feist les planettes et nous faisons les plats netz.

— J'ai la parolle de Dieu en bouche : *Sitio.*

— La pierre dite ἄβεστος n'est plus inextinguible que la soif de ma Paternité.

— L'appetit vient en mangeant, disoit Angest on Mans; la soif s'en va en beuvant.

— Remede contre la soif?

— Il est contraire à celluy qui est contre morsure de chien : courrez tousjours après le chien, jamais ne vous mordera; beuvez tousjours avant la soif, et jamais ne vous adviendra.

— Je vous y prens, je vous resveille. Sommelier eternel, guarde nous de somme. Argus avoyt cent yeulx pour veoir; cent mains fault à un sommelier, comme avoyt Briareus, pour infatigablement verser.

— Mouillons, hay, il faict beau seicher!

— Du blanc! Verse tout, verse de par le diable! Verse deçà, tout plein : la langue me pelle.

— Lans, tringue!

— A toy, compaing! De hayt, de hayt!

— Là! là! là! C'est morfiaillé, cela.

— *O lachryma Christi!*

— C'est de La Deviniere, c'est vin pineau!

— O le gentil vin blanc!

— Et, par mon ame, ce n'est que vin de tafetas.

— Hen, hen, il est à une aureille, bien drappé et de bonne laine.

— Mon compaignon, couraige!

— Pour ce jeu nous ne voulerons pas, car j'ay faict un levé.

— *Ex hoc in hoc.* Il n'y a poinct d'enchantement; chascun de vous l'a veu; je y suis maistre passé.

— A brum! A brum! je suis prebstre Macé.

— O les beuveurs! O les alterez!

— Paigc, mon amy, emplis icy et couronne le vin, je te pry.

— A la Cardinale!

— *Natura abhorret vacuum.*

— Diriez vous q'une mouche y eust beu ?

— A la mode de Bretaigne!

— Net, net, à ce pyot!

— Avallez, ce sont herbes! »

Comment Gargantua nasquit en façon bien estrange.

CHAPITRE VI

Eulx tenens ces menuz propos de beuverie, Gargamelle commença se porter mal du bas, dont Grandgousier se leva dessus l'herbe et la reconfortoit honestement, pensant que ce feut mal d'enfant, et luy disant qu'elle s'estoit là herbée soubz la Saulsaye et qu'en brief elle feroit piedz neufz : par ce luy convenoit prendre couraige nouveau au nouvel advenement de son poupon, et, encores que la douleur luy feust quelque peu en fascherie, toutesfoys que ycelle seroit briefve, et la joye qui toust succederoit luy tolliroit tout cest ennuy, en sorte que seulement ne luy en resteroit la soubvenance.

« Couraige de brebis (disoyt il) depeschez vous de cestuy cy, et bien toust en faisons un aultre.

— Ha! (dist elle) tant vous parlez à votre aize, vous aultres hommes! Bien, de par Dieu, je me parforceray, puisqu'il vous plaist. Mais pleust à Dieu que vous l'eussiez coupé!

— Quoy ? dist Grandgousier.

— Ha! (dist elle) que vous estes bon homme! Vous l'entendez bien.

— Mon membre ? (dist il). Sang de les cabres! si bon vous semble, faictes apporter un cousteau.

— Ha! (dist elle) jà Dieu ne plaise! Dieu me le pardoient! je ne le dis de bon cueur, et pour ma parolle n'en faictes ne plus ne moins. Mais je auray prou d'affaires aujourd'huy, si Dieu ne me ayde, et tout par vostre membre, que vous feussiez bien ayse.

— Couraige, couraige! (dist il). Ne vous souciez

au reste et laissez faire au quatre bœufz de devant. Je m'en voys boyre encore quelque veguade. Si ce pendent vous survenoit quelque mal, je me tiendray près : huschant en paulme, je me rendray à vous ».

Peu de temps après, elle commença à souspirer, lamenter et crier. Soubdain vindrent à tas saiges femmes de tous coustez, et, la tastant par le bas, trouverent quelques pellauderies assez de maulvais goust, et pensoient que ce feust l'enfant; mais c'estoit le fondement qui luy escappoit, à la mollification du droict intestine — lequel vous appellez le boyau cullier — par trop avoir mangé des tripes, comme avons déclairé cy dessus.

Dont une horde vieille de la compaignie, laquelle avoit reputation d'estre grande medicine et là estoit venue de Brizepaille d'auprès Sainct Genou devant soixante ans, luy feist un restrinctif si horrible que tous ses larrys tant feurent oppilez et reserrez que à grande poine, avecques les dentz, vous les eussiez eslargiz, qui est chose bien horrible à penser : mesmement que le diable, à la messe de sainct Martin escripvant le quaquet de deux Gualoises, à belles dentz alongea son parchemin.

Par cest inconvenient feurent au dessus relaschez les cotyledons de la matrice, par lesquelz sursaulta l'enfant, et entra en la vene creuse, et, gravant par le diaphragme jusques au dessus des espaules (où ladicte vene se part en deux), print son chemin à gauche, et sortit par l'aureille senestre.

Soubdain qu'il fut né, ne cria comme les aultres enfans : « Mies! mies! », mais à haulte voix s'escrioit : « A boire! à boire! à boire! », comme invitant tout le monde à boire, si bien qu'il fut ouy de tout le pays de Beusse et de Bibaroys.

Je me doubte que ne croyez asseurement ceste estrange nativité. Si ne le croyez, je ne m'en soucie, mais un homme de bien, un homme de bon sens, croit tousjours ce qu'on luy dict et qu'il trouve par escript. Est ce contre nostre loy, nostre foy, contre raison, contre la Saincte Escripture ? De ma part, je ne trouve rien escript es Bibles sainctes qui soit contre cela. Mais, si le vouloir de Dieu tel eust esté, diriez vous qu'il ne l'eust peu faire ? Ha, pour grace, ne emburelucocquez jamais vous espritz de ces vaines pensées, car je vous diz que à Dieu rien n'est impossible, et, s'il vouloit, les femmes auroient doresnavant ainsi leurs enfans par l'aureille.

Bacchus ne fut il engendré par la cuisse de Jupiter ?

Rocquetaillade nasquit il pas du talon de sa mère ?

Crocquemouche de la pantofle de sa nourrice ?

Minerve nasquit elle pas du cerveau par l'aureille de Jupiter ?

Adonis par l'escorce d'un arbre de mirrhe ?

Castor et Pollux de la cocque d'un œuf, pont et esclous par Leda ?

Mais vous seriez bien dadvantaige esbahys et estonnez si je vous expousoys presentement tout le chapite de Pline auquel parle des enfantemens estranges et contre nature; et toutesfoys je ne suis poinct menteur tant asseuré comme il a esté. Lisez le septiesme de sa *Naturelle Histoire*, *capi. iij*, et ne m'en tabustez plus l'entendement.

Comment le nom fut imposé à Gargantua, et comment il humoit le piot.

CHAPITRE VII

Le bon homme Grandgousier, beuvant et se rigollant avecques les aultres, entendit le cry horrible que son filz avoit faict entrant en lumiere de ce monde, quand il brasmoit, demandant : « A boyre! à boyre! à boyre! » Dont il dist : « Que grand tu as! » (*supple* le gousier). Ce que ouyans, les assistans dirent que vrayement il debvoit avoir par ce le nom Gargantua, puisque telle avoit esté la premiere parolle de son pere à sa naissance, à l'imitation et exemple des anciens Hebreux. A quoy fut condescendu par icelluy, et pleut très bien à sa mere. Et, pour l'appaiser, luy donnerent à boyre à tyre larigot, et feut porté sus les fonts et là baptisé, comme est la coustume des bons christiens.

Et luy feurent ordonnées dix et sept mille neuf cens treze vaches de Pautille et de Brehemond pour l'alaicter ordinairement. Car de trouver nourrice suffisante n'estoit possible en tout le pays, consideré la grande quantité de laict requis pour icelluy alimenter, combien qu'aulcuns docteurs Scotistes ayent affermé que sa mere l'alaicta et qu'elle pouvoit traire de ses mammelles quatorze cens deux pipes neuf potées de laict pour chascune foys, ce que n'est vraysemblable, et a esté la proposition declairée mammallement scandaleuse, des pitoyables aureilles offensive, et sentent de loing heresie.

En cest estat passa jusques à un an et dix moys, onquel temps, par le conseil des medecins, on commença le porter, et fut faicte une belle charrette à bœufs par l'invention de Jehan Denyau. Dedans icelle on le pourmenoit par cy par là joyeusement; et le faisoit bon veoir, car il portoit bonne troigne et avoit presque dix et huyt mentons; et ne crioit que bien peu; mais il se conchioit à toutes heures, car il estoit merveilleusement phlegmaticque des fesses, tant de sa complexion naturelle que de la disposition accidentale qui luy estoit advenue par trop humer de purée septembrale. Et n'en humoyt goutte sans cause, car, s'il advenoit qu'il feust despit, courroussé, fasché ou marry, s'il trepignoyt, s'il pleuroit, s'il crioit, luy apportant à boyre l'on le remettoit en nature, et soubdain demouroit coy et joyeulx.

Une de ses gouvernantes m'a dict, jurant sa fy, que de ce faire il estoit tant coustumier, qu'au seul son des pinthes et flaccons il entroit en ecstase, comme s'il goustoit les joyes de paradis. En sorte qu'elles, considerans ceste complexion divine, pour le resjouir, au matin, faisoient davant luy sonner des verres avecques un cousteau, ou des flaccons avecques leur toupon, ou des pinthes avecques leur couvercle, auquel son il s'esguayoit, il tressailloit, et luy mesmes se bressoit en dodelinant de la teste, en monichordisant des doigtz et barytonant du cul.

Comment on vestit Gargantua.

CHAPITRE VIII

Luy estant en cest eage, son pere ordonna qu'on luy feist habillemens à sa livrée, laquelle estoit blanc et bleu. De faict on y besoigna, et furent faictz, taillez et cousuz à la mode qui pour lors couroit. Par les anciens pantarches, qui sont en la Chambre des Comptes à Montsoreau, je trouve qu'il feust vestu en la façon que s'ensuyt :

Pour sa chemise furent levées neuf cens aulnes de toille de Chasteleraud, et deux cens pour les coussons en sorte de carreaulx, lesquelz on mist soubz les esselles. Et n'estoit poinct froncée, car la fronsure des chemises n'a esté inventée sinon depuis que les lingieres, lorsque la poincte de leur agueille estoit rompue, ont commencé besoigner du cul.

Pour son pourpoinct furent levées huyt cens treize aulnes de satin blanc, et pour les agueillettes quinze cens neuf peaulx et demye de chiens. Lors commença le monde attacher les chausses au pourpoinct, et non le pourpoinct aux chausses, car c'est chose contre nature, comme amplement a declaré Olkam sus les *Exponibles* de M. Haultechaussade.

Pour ses chausses feurent levez unze cens cinq aulnes et ung tiers d'estamet blanc. Et feurent deschiquetez en forme de colomnes, striées et crenelées par le derriere, afin de n'eschaufer les reins. Et flocquoit, par dedans la deschicqueture, de damas bleu tant que besoing estoit. Et notez qu'il avoit très belles griefves et bien proportionnez au reste de sa stature.

Pour la braguette furent levées seize aulnes un quartier d'icelluy mesmes drap. Et fut la forme d'icelle comme d'un arc boutant, bien estachée joyeusement à deux belles boucles d'or, que prenoient deux crochetz d'esmail, en un chascun desquelz estoit enchassée une grosse esmeraugde de la grosseur d'une pomme d'orange. Car (ainsi que dict Orpheus, *libro De Lapidibus*, et Pline, *libro ultimo*) elle a vertu erective et confortative du membre naturel. L'exiture de la braguette estoit à la longueur d'une canne, deschicquetée comme les chausses, avecques le damas bleu flottant comme davant. Mais, voyans la belle brodure de canetille et les plaisans entrelatz d'orfeverie, garniz de fins diamens, fins rubiz, fines turquoyses, fines esmeraugdes et unions Persicques, vous l'eussiez comparée à une belle corne d'abondance, telle que voyez es antiquailles, et telle que donna Rhea es deux nymphes Adrastea et Ida, nourrices de Jupiter; — tousjours gualante, succulente, resudante, tousjours verdoyante, tousjours fleurissante, tousjours fructifiante, plene d'humeurs, plene de fleurs, plene de fruictz, plene de toutes delices. Je advoue Dieu s'il ne la faisoit bon veoir! Mais je vous en exposeray bien dadvantaige au livre que j'ay faict *De la dignité des braguettes*. D'un cas vous advertis que, si elle estoit bien longue et bien ample, si estoit elle bien guarnie au dedans et bien avitaillée, en rien ne ressemblant les hypocriticques braguettes d'un tas de muguetz, qui ne sont plenes que de vent, au grand interest du sexe feminin.

Pour ses souliers furent levées quatre cens six aulnes de velours bleu cramoysi. Et furent deschicquettez mignonement par lignes parallelles joinctes en cylindres uniformes. Pour la quarreleure d'iceulx, furent employez unze cens peaulx de vache brune, taillée à queues de merluz.

Pour son saie furent levez dix et huyt cent aulnes de velours bleu, tainct en grene, brodé à l'entour de belles vignettes et par le mylieu de pinthes d'argent de canetille, enchevestrées de verges d'or avecques force perles : par ce denotant qu'il seroit un bon fessepinthe en son temps.

Sa ceincture feut de troys cens aulnes et demye de cerge de soye, moytié blanche et moytié bleu (ou je suis bien abusé).

Son espée ne feut Valentienne, ny son poignard Sarragossoys, car son pere hayssoit tous ces indalgos bourrachous, marranisez comme diables; mais il eut la belle espée de boys et le poignart de cuir bouilly, pinctz et dorez comme un chascun soubhaiteroit.

Sa bourse fut faicte de la couille d'un oriflant que luy donna Her Pracontal, proconsul de Libye.

Pour sa robbe furent levées neuf mille six cens aulnes moins deux tiers de velours bleu comme dessus, tout porfilé d'or en figure diagonale, dont par juste perspective yssoit une couleur innommée, telle que voyez es coulz des tourterelles, qui resjouissoit merveilleusement les yeulx des spectateurs.

Pour son bonnet furent levées troys cens deux aulnes ung quart de velours blanc. Et feut la forme d'icelluy large et ronde à la capacité du chief, car son pere disoit que ces bonnetz à la Marrabeise, faictz comme une crouste de pasté, porteroient quelque jour malencontre à leurs tonduz.

Pour son plumart pourtoit une belle grande plume bleue, prinse d'un onocrotal du pays de Hircanie la saulvaige, bien mignonement pendente sus l'aureille droicte.

Pour son image avoit, en une platine d'or pesant soixante et huyt marcs, une figure d'esmail competent, en laquelle estoit pourtraict un corps humain ayant deux testes, l'une virée vers l'autre, quatre bras, quatre piedz et deux culz, telz que dict Platon, *in Symposio*, avoir esté l'humaine nature à son commencement mystic, et autour estoit escript en lettres Ioniques : ΑΓΑΠΗ ΟΥ ΖΗΤΕΙ ΤΑ ΕΑΥΤΗΣ.

Pour porter au col, eut une chaine d'or pesante vingt et cinq mille soixante et troys marcs d'or, faicte en forme de grosses bacces, entre lesquelles estoient en œuvre gros jaspes verds, engravez et taillez en dracons tous environnez de rayes et estincelles, comme les portoit jadis le roy Necepsos; et descendoit jusque à la boucque du hault ventre : dont toute sa vie en eut l'emolument tel que sçavent les medecins Gregoys.

Pour ses guands furent mises en œuvre seize peaulx de lutins, et troys de loups guarous pour la brodure d'iceulx; et de telle matiere luy feurent faictz par l'ordonnance des cabalistes de Sainlouand.

Pour ses aneaulx (lesquelz voulut son pere qu'il portast pour renouveller le signe antique de noblesse) il eut, au doigt indice de sa main gauche, une escarboucle grosse comme un œuf d'austruche, enchassée en or de seraph bien mignonement. Au doigt medical d'icelle eut un aneau faict des quatre metaulx ensemble en la plus merveilleuse façon que jamais feust veue, sans que l'assier froisseast l'or, sans que l'argent foullast le cuyvre; le tout fut faict par le capitaine Chappuys et Alcofribas, son bon facteur. Au doigt medical de la dextre eut un aneau faict en forme spirale, auquel estoient enchassez un balay en perfection, un diament en poincte, et une esmeraulde de Physon, de pris inestimable, car Hans Carvel, grand lapidaire du roy de Melinde, les estimoit à la valeur de soixante neuf millions huyt cens nonante et quatre mille dix et huyt moutons à la grand laine; autant l'estimerent les Fourques d'Auxbourg.

Les couleurs et livrée de Gargantua.

CHAPITRE IX

Les couleurs de Gargantua feurent blanc et bleu, comme cy dessus avez peu lire, et par icelles vouloit son pere qu'on entendist que ce luy estoit une joye celeste, car le blanc luy signifioit joye, plaisir, delices et resjouissance, et le bleu choses celestes.

J'entends bien que, lisans ces motz, vous mocquez du vieil beuveur et reputez l'exposition des couleurs par trop indague et abhorrente, et dictes que blanc signifie foy et bleu fermeté. Mais, sans vous mouvoir, courroucer, eschaufer ny alterer (car le temps est dangereux), respondez moy, si bon vous semble. D'aultre contraincte ne useray envers vous, ny aultres, quelz qu'ilz soient; seulement vous diray un mot de la bouteille.

Qui vous meut ? Qui vous poinct ? Qui vous dict que blanc signifie foy et bleu fermeté ? Un (dictes vous) livre trepelu, qui se vend par les bisouars et porteballes, au tiltre : *le Blason des Couleurs*. Qui l'a faict ? Quiconques il soit, en ce a esté prudent qu'il n'y a poinct mis son nom. Mais, au reste, je ne sçay quoy premier en luy je doibve admirer, ou son oultrecuidance ou sa besterie :

son oultrecuidance, qui, sans raison, sans cause et sans apparence, a ausé prescripre de son autorité privée quelles choses seroient denotées par les couleurs, ce que est l'usance des tyrans qui voulent leur arbitre tenir lieu de raison, non des saiges et sçavans qui par raisons manifestes contentent les lecteurs;

sa besterie, qui a existimé que, sans aultres demonstrations et argumens valables, le monde reigleroit ses devises par ses impositions badaudes.

De faict (comme dict le proverbe : « A cul de foyrard toujours abonde merde »), il a trouvé quelque reste de niays du temps des haultz bonnetz, lesquelz ont eu foy à ses escripts et selon iceulx ont taillé leurs apophthegmes et dictez, en ont enchevestré leurs muletz, vestu leurs pages, escartelé leurs chausses, brodé leurs guandz, frangé leurs lictz, painct leurs enseignes, composé chansons, et (que pis est) faict impostures et lasches tours clandestinement entre les pudicques matrones.

En pareilles tenebres sont comprins ces glorieux de court et transporteurs de noms, lesquelz, voulens en leurs divises signifier *espoir*, font protraire une *sphere*, des *pennes* d'oiseaulx pour *poines*, de l'*ancholie* pour *melancholie*, *la lune bicorne* pour *vivre en croissant*, un *banc rompu* pour *bancque roupte*, *non* et un *alcret* pour *non durhabit*, un *lict sans ciel* pour un *licentié*, que sont homonymies tant ineptes, tant fades, tant rusticques et barbares, que l'on doibvroit atacher une queue de renard au collet et faire un masque d'une bouze de vache à un chascun d'iceulx qui en vouldroit dorenavant user en France, après la restitution des bonnes lettres.

Par mesmes raisons (si raisons les doibz nommer et non resveries) ferois je paindre un *penier*, denotant qu'on me faict *pener*; et un *pot à moustarde*, que c'est mon cueur à qui *moult tarde*; et un *pot à pisser*, c'est un *official*; et le *fond de mes chausses*, c'est un *vaisseau de petz*; et ma *braguette*, c'est le *greffe des arrestz*; et un *estront de chien*, c'est un *tronc de ceans*, où gist l'amour de m'amye.

Bien aultrement faisoient en temps jadis les saiges de Egypte, quand ilz escripvoient par lettres qu'ilz appelloient hieroglyphiques, lesquelles nul n'entendoit qui n'entendist et un chascun entendoit qui entendist la vertu, proprieté et nature des choses par icelles figurées, desquelles Orus Apollon a en grec composé deux livres, et Polyphile au *Songe d'Amours* en a davantaige exposé. En France vous en avez quelque transon en la devise de Monsieur l'Admiral, laquelle premier porta Octavian Auguste.

Mais plus oultre ne fera voile mon equif entre ces gouffres et guez mal plaisans : je retourne faire scale au port dont suis yssu. Bien ay je espoir d'en escripre quelque jour plus amplement, et monstrer, tant par raisons philosophicques que par auctoritez receues et approuvées de toute ancienneté, quelles et quantes couleurs sont en nature, et quoy par une chascune peut estre designé, — si Dieu me saulve le moulle du bonnet, c'est le pot au vin, comme disoit ma mere grand.

De ce qu'est signifié par les couleurs blanc et bleu.

CHAPITRE X

Le blanc doncques signifie joye, soulas et liesse, et non à tort le signifie, mais à bon droict et juste tiltre, ce que pourrez verifier si, arriere mises voz affections, voulez entendre ce que presentement vous exposeray.

Aristoteles dict que, supposent deux choses contraires en leur espece, comme bien et mal, vertu et vice, froid et chauld, blanc et noir, volupté et doleur, joye et dueil, et ainsi de aultres, si vous les coublez en telle façon q'un contraire d'une espece convienne raisonnablement à l'un contraire d'une aultre, il est consequent que l'autre contraire compete avecques l'autre residu. Exemple : *vertus* et *vice* sont contraires en une espece; aussy sont *bien* et *mal;* si l'un des contraires de la premiere espece convient à l'un de la seconde, comme *vertus* et *bien*, car il est sceut que *vertus* est bonne, ainsi feront les deux residuz qui sont *mal* et *vice*, car *vice* est maulvais.

Ceste reigle logicale entendue, prenez ces deux contraires : *joye* et *tristesse*, puis ces deux : *blanc* et *noir*, car ilz sont contraires physicalement; si ainsi doncques est que *noir* signifie *dueil*, à bon droict *blanc* signifiera *joye*.

Et n'est cette signifiance par imposition humaine institué, mais receue par consentement de tout le monde, que les philosophes nomment *jus gentium*, droict universel, valable par toutes contrées.

Comme assez sçavez que tous peuples, toutes nations — je excepte les antiques Syracusans et quelques Argives qui avoient l'ame de travers, —

toutes langues, voulens exteriorement demonstrer leur tristesse, portent habit de noir, et tout dueil est faict par noir. Lequel consentement universel n'est faict que nature n'en donne quelque argument et raison, laquelle un chascun peut soubdain par soy comprendre sans aultrement estre instruict de personne, — laquelle nous appellons droict naturel.

Par le blanc, à mesmes induction de nature, tout le monde a entendu joye, liesse, soulas, plaisir et delectation.

Au temps passé, les Thraces et Cretes signoient les jours bien fortunez et joyeux de pierres blanches, les tristes et defortunez de noires.

La nuyct n'est elle funeste, triste et melancholieuse ? Elle est noire et obscure par privation. La clarté n'esjouit elle toute nature ? Elle est blanche plus que chose que soit. A quoy prouver je vous pourrois renvoyer au livre de Laurens Valle contre Bartole; mais le tesmoignage evangelicque vous contentera : *Math. xvij*, est dict que, à la Transfiguration de Nostre Seigneur, *vestimenta ejus facta sunt alba sicut lux*, ses vestemens feurent faictz blancs comme la lumiere, par laquelle blancheur lumineuse donnoit entendre à ses troys apostres l'idée et figure des joyes eternelles. Car par la clarté sont tous humains esjouiz, comme vous avez le dict d'une vieille que n'avoit dens en gueulle, encores disoit elle : *Bona lux*. Et Thobie *(cap. v)* quand il eut perdu la veue, lors que Raphael le salua, respondit : « Quelle joye pourray je avoir, qui poinct ne voy la lumiere du ciel ? » En telle couleur tesmoignerent les anges la joye de tout l'univers à la Resurrection du Saulveur *(Joan. xx)* et à son Ascension *(Act. j)*. De semblable parure veit Sainct Jean Evangeliste *(Apocal. iiij* et *vij)* les fideles vestuz en la celeste et beatifiée Hierusalem.

Lisez les histoires antiques, tant Grecques que Romaines. Vous trouverez que la ville de Albe (premier patron de Rome) feut et construicte et appellée à l'invention d'une truye blanche.

Vous trouverez que, si à aulcun, après avoir eu des

ennemis victoire, estoit decreté qu'il entrast à Rome en estat triumphant, il y entroit sur un char tiré par chevaulx blancs; autant celluy qui y entroit en ovation; car par signe ny couleur ne pouvoyent plus certainement exprimer la joye de leur venue que par la blancheur.

Vous trouverez que Pericles, duc des Atheniens, voulut celle part de ses gensdarmes, esquelz par sort estoient advenus les febves blanches, passer toute la journée en joye, solas et repos, cependent que ceulx de l'aultre part batailleroient. Mille aultres exemples et lieux à ce propos vous pourrois je exposer, mais ce n'est icy le lieu.

Moyennant laquelle intelligence povez resouldre un probleme, lequel Alexandre Aphrodise a reputé insolube : « Pourquoy le leon, qui de son seul cry et rugissement espovante tous animaulx, seulement crainct et revere le coq blanc ? » Car (ainsi que dict Proclus, *lib. De Sacrificio et Magia*) c'est parce que la presence de la vertus du soleil, qui est l'organe et promptuaire de toute lumiere terrestre et syderale, plus est symbolisante et competente au coq blanc, tant pour icelle couleur que pour sa propriété et ordre specificque, que au leon. Plus dict que en forme leonine ont esté diables souvent veuz, lesquelz à la presence d'un coq blanc soubdainement sont disparuz.

Ce est la cause pourquoy *Galli* (ce sont les Françoys, ainsi appellez parce que blancs sont naturellement comme laict que les Grecz nomme γαλα) voluntiers portent plumes blanches sus leurs bonnetz; car par nature ilz sont joyeux, candides, gratieux et bien amez, et pour leur symbole et enseigne ont la fleur plus que nulle aultre blanche : c'est le lys.

Si demandez comment par couleur blanche nature nous induict entendre joye et liesse, je vous responds que l'analogie et conformité est telle. Car — comme le blanc exteriorement disgrege et espart la veue, dissolvent manifestement les espritz visifz, selon l'opinion de Aristoteles en ses *Problemes,* et les perspectifz (et le voyez par experience quand vous passez les montz couvers de neige, en sorte que vous plaignez de ne pouvoir bien reguarder, ainsi que Xenophon escript estre advenu à ses gens, et comme Galen expose amplement, *lib. x*, *De usu partium*) — tout ainsi le cueur par joye excellente est interiorement espart et patist manifeste resolution des esperitz vitaulx; laquelle tant peut estre acreue que le cueur demoureroit spolié de son entretien, et par consequent seroit la vie estaincte par ceste perichairie, comme dict Galen, *lib. xij Metho.*, *li. v*, *De locis affectis*, et *li. ij*, *De symptomaton causis*, et comme estre au temps passé advenu tesmoignent Marc Tulle, *li. j Quæstio. Tuscul.*, Verrius, Aristoteles, Tite Live, après la bataille de Cannes, Pline, *lib. vij*, *c. xxxij* et *liij*, A. Gellius, *lib. iij*, *xv.*, et aultres, à Diagoras Rodien, Chilo, Sophocles, Diony, tyrant de Sicile, Philippides, Philemon, Polycrata, Philistion, M. Juventi et aultres qui moururent de joye, et comme dict Avicenne (*in ij canone et lib. De Viribus cordis*) du zaphran, lequel tant esjouist le cueur qu'il le despouille de vie, si on en prend en dose excessifve, par resolution et dilatation superflue. Icy voyez Alex. Aphrodisien, *lib. primo Problematum*, *c. xix*. Et pour cause.

Mais quoy! j'entre plus avant en ceste matiere que ne establissois au commencement. Icy doncques calleray mes voilles, remettant le reste au livre en ce consommé du tout, et diray en un mot que le bleu signifie certainement le ciel et choses celestes, par mesmes symboles que le blanc signifioit joye et plaisir.

De l'adolescence de Gargantua.

CHAPITRE XI

Gargantua, depuis les troys jusques à cinq ans, feut nourry et institué en toute discipline convenente, par le commandement de son pere, et celluy temps passa comme les petitz enfans du pays : c'est assavoir à boyre, manger et dormir; à manger, dormir et boyre; à dormir, boyre et manger.

Tousjours se vaultroit par les fanges, se mascaroyt le nez, se chauffouroit le visaige, aculoyt ses souliers, baisloit souvent au mousches, et couroit voulentiers après les parpaillons, desquelz son pere tenoit l'empire. Il pissoit sus ses souliers, il chyoit en sa chemise, il se mouschoyt à ses manches, il mourvoit dedans sa soupe, et patroilloit par tout lieux, et beuvoit en sa pantoufle, et se frottoit ordinairement le ventre d'un panier. Ses dens aguysoit d'un sabot, ses mains lavoit de potaige, se pignoit d'un goubelet, se asseoyt entre deux selles le cul à terre, se couvroyt d'un sac mouillé, beuvoyt en mangeant sa souppe, mangeoyt sa fouace sans pain, mordoyt en riant, rioyt en mordent, souvent crachoyt on bassin, pettoyt de gresse, pissoyt contre le soleil, se cachoyt en l'eau pour la pluye, battoyt à froid, songeoyt creux, faisoyt le succré, escorchoyt le renard, disoit la patenostre du cinge, retournoyt à ses moutons, tournoyt les truies au foin, battoyt le chien devant le lion, mettoyt la charrette devant les beufz, se grattoyt où ne luy demangeoyt poinct, tiroit les vers du nez, trop embrassoyt et peu estraignoyt, mangeoyt son pain blanc le premier, ferroyt les cigalles, se chatouilloyt pour se faire rire, ruoyt très bien en cuisine, faisoyt gerbe de feurre au dieux, faisoyt chanter *Magnificat* à matines et le trouvoyt bien à propous, mangeoyt chous et chioyt pourrée, congnoissoyt mousches en laict, faisoyt perdre les pieds au mousches, ratissoyt le papier, chaffourroyt le parchemin, guaignoyt au pied, tiroyt au chevrotin, comptoyt sans son houste, battoyt les buissons sans prandre les ozillons, croioyt que nues feussent pailles d'arain et que vessies fussent lanternes, tiroyt d'un sac deux moustures, faisoyt de l'asne pour avoir du bren, de son poing faisoyt un maillet, prenoit les grues du premier sault, vouloyt que maille à maille on feist les haubergeons, de cheval donné tousjours reguardoyt en la gueulle, saultoyt du coq à l'asne, mettoyt entre deux verdes une meure, faisoit de la terre le foussé, gardoyt la lune des loups, si les nues tomboient esperoyt prandre les alouettes, faisoyt de necessité vertus, faisoyt de tel pain souppe, se soucioyt aussi peu des raitz comme des tonduz, tous les matins escorchoyt le renard. Les petitz chiens de son pere mangeoient en son escuelle; luy de mesmes mangeoit avecques eux. Il leurs mordoit les aureilles, ilz luy graphinoient le nez; il leurs souffloit au cul, ilz luy leschoient les badigoinces.

Et sabez quey, hillotz ? Que mau de pipe vous byre! Ce petit paillard tousjours tastonoit ses gouvernantes cen dessus dessoubz, cen devant derriere, — harry bourriquet! — et desjà commençoyt exercer sa braguette, laquelle un chascun jour ses gouvernantes ornoyent de beaulx boucquets, de beaulx rubans, de belles fleurs, de beaulx flocquars, et passoient leur temps à la faire revenir entre leurs mains comme un magdaleon d'entraict, puis s'esclaffoient de rire quand elle levoit les aureilles, comme si le jeu leurs eust pleu.

L'une la nommoit ma petite dille, l'aultre ma pine, l'aultre ma branche de coural, l'aultre mon bondon, mon bouchon, mon vibrequin, mon possouer, ma teriere, ma pendilloche, mon rude esbat roidde et bas, mon dressouoir, ma petite andoille vermeille, ma petite couille bredouille.

« Elle est à moy, disoit l'une.

— C'est la mienne, disoit l'aultre.

— Moy (disoit l'aultre), n'y auray je rien ? Par ma foy, je la couperay doncques.

— Ha couper! (disoit l'aultre); vous luy feriez mal, Madame; coupez vous la chose aux enfans ? Il seroyt Monsieur sans queue. »

Et, pour s'esbattre comme les petitz enfans du pays, luy feirent un beau virollet des aesles d'un moulin à vent de Myrebalays.

Des chevaux factices de Gargantua.

CHAPITRE XII

Puis, affin que toute sa vie feust bon chevaulcheur, l'on luy feist un beau grand cheval de boys, lequel il faisoit penader, saulter, voltiger, ruer et dancer tout ensemble, aller le pas, le trot, l'entrepas, le gualot, les ambles, le hobin, le traquenard, le camelin et l'onagrier, et luy faisoit changer de poil (comme font les moines de courtibaux selon les festes), de bailbrun, d'alezan, de gris pommellé, de poil de rat, de cerf, de rouen, de vache, de zencle, de pecile, de pye, de leuce.

Luy mesmes d'une grosse traine fist un cheval pour la chasse, un aultre d'un fust de pressouer à tous les jours, et d'un grand chaisne une mulle avecques la housse pour la chambre. Encores en eut il dix ou douze à relays et sept pour la poste. Et tous mettoit coucher auprès de soy.

Un jour le seigneur de Painensac visita son pere en gros train et apparat, auquel jour l'estoient semblablement venuz veoir le duc de Francrepas et le comte de Mouillevent. Par ma foy, le logis feut un peu estroict pour tant de gens, et singulierement les estables; donc le maistre d'hostel et fourrier dudict seigneur de Painensac, pour sçavoir si ailleurs en la maison estoient estables vacques, s'adresserent à Gargantua, jeune garsonnet, luy demandans secrettement où estoient les estables des grands chevaulx, pensans que voluntiers les enfans decellent tout.

Lors il les mena par les grands degrez du chasteau, passant par la seconde salle, en une grande gualerie par laquelle entrerent en une grosse tour, et, eulx montans par d'aultres degrez, dist le fourrier au maistre d'hostel :

« Cest enfant nous abuse, car les estables ne sont jamais au hault de la maison.

— C'est (dist le maistre d'hostel) mal entendu à vous, car je sçay des lieux, à Lyon, à La Basmette, à Chaisnon et ailleurs, où les estables sont au plus hault du logis; ainsi, peut estre que derriere y a yssue au montouer. Mais je le demanderay plus asseurement. »

Lors demanda à Gargantua :

« Mon petit mignon, où nous menez vous ?

— A l'estable (dist il) de mes grands chevaulx. Nous y sommes tantost, montons seulement ces eschallons. »

Puis, les passant par une aultre grande salle, les mena en sa chambre, et, retirant la porte :

« Voicy (dist il) les estables que demandez; voylà mon genet, voylà mon guildin, mon lavedan, mon traquenard. »

Et, les chargent d'un gros livier :

« Je vous donne (dist il) ce phryzon; je l'ay eu de Francfort, mais il sera vostre; il est bon petit chevallet et de grand peine. Avecques un tiercelet d'autour, demye douzaine d'hespanolz et deux levriers, vous voylà roy des perdrys et lievres pour tout cest hyver.

— Par sainct Jean! (dirent ilz) nous en sommes bien! A ceste heure avons nous le moine.

— Je le vous nye (dist il). Il ne fut, troys jours a, ceans. »

Devinez icy duquel des deux ils avoyent plus matiere, ou de soy cacher pour leur honte, ou de ryre pour le passetemps.

Eulx en ce pas descendens tous confus, il demanda :

« Voulez vous une aubeliere ?

— Qu'est-ce ? disent ilz.

— Ce sont (respondit il) cinq estroncz pour vous faire une museliere.

— Pour ce jourd'huy (dist le maistre d'hostel), si nous sommes roustiz, jà au feu ne bruslerons, car nous sommes lardez à poinct, en mon advis. O petit mignon, tu nous as baillé foin en corne; je te voirray quelque jour pape.

— Je l'entendz (dist il) ainsi; mais lors vous serez papillon, et ce gentil papeguay sera un papelard tout faict.

— Voyre, voyre, dist le fourrier.

— Mais (dist Gargantua) divinez combien y a de poincts d'agueille en la chemise de ma mere.

— Seize, dist le fourrier.

— Vous (dist Gargantua) ne dictes l'Evangile : car il y en a sens davant et sens derriere, et les comptastes trop mal.

— Quand ? (dist le fourrier).

— Alors (dist Gargantua) qu'on feist de vostre nez une dille pour tirer un muy de merde, et de vostre gorge un entonnoir pour la mettre en aultre vaisseau, car les fondz estoient esventez.

— Cordieu! (dist le maistre d'hostel) nous avons trouvé un causeur. Monsieur le jaseur, Dieu vous guard de mal, tant vous avez la bouche fraische! »

Ainsi descendens à grand haste, soubz l'arceau des degrez laisserent tomber le gros livier qu'il leurs avoit chargé, dont dist Gargantua :

« Que diantre vous estes maulvais chevaucheurs! Vostre courtault vous fault au besoing. Se il vous falloit aller d'icy à Cahusac, que aymeriez vous mieulx, ou chevaulcher un oyson, ou mener une truye en laisse ?

— J'aymerois mieulx boyre, » dist le fourrier.

Et, ce disant, entrerent en la sale basse où estoit toute la briguade, et, racontans ceste nouvelle histoire, les feirent rire comme un tas de mousches.

Comment Grandgousier congneut l'esperit merveilleux de Gargantua à l'invention d'un torchecul.

CHAPITRE XIII

Sus la fin de la quinte année, Grandgousier, retournant de la defaicte des Canarriens, visita son filz Gargantua. Là fut resjouy comme un tel pere povoit estre voyant un sien tel enfant, et, le baisant et accollant, l'interrogeoyt de petitz propos pueriles en diverses sortes. Et beut d'autant avecques luy et ses gouvernantes, esquelles par grand soing demandoit, entre aultres cas, si elles l'avoyent tenu blanc et nect. A ce Gargantua feist response qu'il y avoit donné tel ordre qu'en tout le pays n'estoit guarson plus nect que luy.

« Comment cela ? dist Grandgousier.

— J'ay (respondit Gargantua) par longue et curieuse experience inventé un moyen de me torcher le cul, le plus seigneurial, le plus excellent, le plus expedient que jamais feut veu.

— Quel ? dict Grandgousier.

— Comme vous le raconteray (dist Gargantua) presentement.

« Je me torchay une foys d'un cachelet de velours de une damoiselle, et le trouvay bon car la mollice de sa soye me causoit au fondement une volupté bien grande ;

« une aultre foys d'un chapron d'ycelles, et feut de mesmes ;

« une aultre foys d'un cache coul ;

« une aultre foys des aureillettes de satin cramoysi, mais la dorure d'un tas de spheres de merde qui y estoient m'escorcherent tout le derriere; que le feu sainct Antoine arde le boyau cullier de l'orfebvre qui les feist et de la damoiselle que les portoit!

« Ce mal passa me torchant d'un bonnet de paige, bien emplumé à la Souice.

« Puis, fiantant derriere un buisson, trouvay un chat de Mars; d'icelluy me torchay, mais ses gryphes me exulcererent tout le perinée.

« De ce me gueryz au lendemain, me torchant des guands de ma mere, bien parfumez de maujoin.

« Puis me torchay de saulge, de fenoil, de aneth, de marjolaine, de roses, de fueilles de courles, de choulx, de bettes, de pampre, de guymaulves, de verbasce (qui est escarlatte de cul), de lactues et de fueilles de espinards, — le tout me feist grand bien à ma jambe, — de mercuriale, de persiguire, de orties, de consolde; mais j'en eu la cacquesangue de Lombard, dont feu gary me torchant de ma braguette.

« Puis me torchay aux linceux, à la couverture, aux rideaulx, d'un coissin, d'un tapiz, d'un verd, d'une mappe, d'une serviette, d'un mouschenez, d'un peignouoir. En tout je trouvay de plaisir plus que ne ont les roigneux quand on les estrille.

— Voyre mais (dist Grandgousier) lequel torchecul trouvas tu meilleur ?

— Je y estois (dist Gargantua), et bien toust en sçaurez le *tu autem*. Je me torchay de foin, de paille, de bauduffe, de bourre, de laine, de papier. Mais

Tousjours laisse aux couillons esmorche
Qui son hord cul de papier torche.

— Quoy! (dist Grandgousier) mon petit couillon, as tu prins au pot, veu que tu rimes desjà ?

— Ouy dea (respondit Gargantua), mon roy, je rime tant et plus, et en rimant souvent m'enrime. Escoutez que dict nostre retraict aux fianteurs :

Chiart,
Foirart,
Petart,

Brenous,
Ton lard
Chappart
S'espart
Sus nous.
Hordous,
Merdous,
Esgous,
Le feu de sainct Antoine te ard,
Sy tous
Tes trous
Esclous
Tu ne torche avant ton depart!

En voulez vous dadventaige ?
— Ouy dea, respondit Grandgousier.
— Adoncq, dist Gargantua :

RONDEAU.

En chiant l'aultre hyer senty
La guabelle que à mon cul doibs;
L'odeur feut aultre que cuydois :

J'en feuz du tout empuanty.
O! si quelc'un eust consenty
M'amener une que attendoys
En chiant!

Car je luy eusse assimenty
Son trou d'urine à mon lourdoys;
Cependant eust avec ses doigtz
Mon trou de merde guarenty
En chiant.

Or dictes maintenant que je n'y sçay rien! Par la mer Dé, je ne les ay faict mie, mais les oyant reciter à dame grand que voyez cy, les ay retenu en la gibbesiere de ma memoire.

— Retournons (dist Grandgousier) à nostre propos.
— Quel ? (dit Gargantua) chier ?
— Non (dist Grandgousier), mais torcher le cul.
— Mais (dist Gargantua) voulez vous payer un bussart de vin Breton si je vous foys quinault en ce propos ?

— Ouy vrayement, dist Grandgousier.

— Il n'est (dist Gargantua) poinct besoing torcher cul, sinon qu'il y ayt ordure; ordure n'y peut estre si on n'a chié; chier doncques nous fault davant que le cul torcher.

— O (dist Grandgousier) que tu as bon sens, petit guarsonnet! Ces premiers jours je te feray passer docteur en gaie science, par Dieu! car tu as de raison plus que d'aage. Or poursuiz ce propos torcheculatif, je t'en prie. Et, par ma barbe! pour un bussart tu auras soixante pippes, j'entends de ce bon vin Breton, lequel poinct ne croist en Bretaigne, mais en ce bon pays de Verron.

— Je me torchay après (dist Gargantua) d'un couvre chief, d'un aureiller, d'ugne pantophle, d'ugne gibbessiere, d'un panier — mais ô le mal plaisant torchecul! — puis d'un chappeau. Et notez que des chappeaulx, les uns sont ras, les aultres à poil, les aultres veloutez, les aultres taffetassez, les aultres satinizez. Le meilleur de tous est celluy de poil, car il faict très bonne abstersion de la matiere fecale.

« Puis me torchay d'une poulle, d'un coq, d'un poulet, de la peau d'un veau, d'un lievre, d'un pigeon, d'un cormoran, d'un sac d'advocat, d'une barbute, d'une coyphe, d'un leurre.

« Mais, concluent, je dys et mantiens qu'il n'y a tel torchecul que d'un oyzon bien dumeté, pourveu qu'on luy tienne la teste entre les jambes. Et m'en croyez sus mon honneur. Car vous sentez au trou du cul une volupté mirificque, tant par la doulceur d'icelluy dumet que par la chaleur temperée de l'oizon, laquelle facilement est communicquée au boyau culier et aultres intestines, jusques à venir à la region du cueur et du cerveau. Et ne pensez que la beatitude des heroes et semi dieux, qui sont par les Champs Elysiens, soit en leur asphodele, ou ambrosie, ou nectar, comme disent ces vieilles ycy. Elle est (scelon mon opinion) en ce qu'ilz se torchent le cul d'un oyzon, et telle est l'opinion de Maistre Jehan d'Escosse. »

Comment Gargantua feut institué par un sophiste en lettres latines.

CHAPITRE XIV

Ces propos entenduz, le bonhomme Grandgousier fut ravy en admiration, considerant le hault sens et merveilleux entendement de son filz Gargantua. Et dist à ses gouvernantes :

« Philippe, roy de Macedone, congneut le bon sens de son filz Alexandre à manier dextrement un cheval, car ledict cheval estoit si terrible et efrené que nul [ne] ausoit monter dessus, parce que à tous ses chevaucheurs il bailloit la saccade, à l'un rompant le coul, à l'aultre les jambes, à l'aultre la cervelle, à l'aultre les mandibules. Ce que considerant Alexandre en l'hippodrome (qui estoit le lieu où l'on pourmenoit et voultigeoit les chevaulx), advisa que la fureur du cheval ne venoit que de frayeur qu'il prenoit à son umbre. Dont, montant dessus, le feist courir encontre le soleil, si que l'umbre tumboit par derriere, et par ce moien rendit le cheval doulx à son vouloir. A quoy congneut son pere le divin entendement qui en luy estoit, et le feist tres bien endoctriner par Aristoteles, qui pour lors estoit estimé sus tous philosophes de Grece.

« Mais je vous diz qu'en ce seul propos que j'ay presentement davant vous tenu à mon filz Gargantua, je congnois que son entendement participe de quelque divinité, tant je le voy agu, subtil, profund et serain, et parviendra à degré souverain de sapience, s'il est bien institué. Pour tant, je veulx le bailler à quelque homme sçavant pour l'endoctriner selon sa capacité, et n'y veulx rien espargner. »

De faict, l'on luy enseigna un grand docteur sophiste,

nommé Maistre Thubal Holoferne, qui luy aprint sa charte si bien qu'il la disoit par cueur au rebours; et y fut cinq ans et troys mois. Puis luy leut *Donat*, le *Facet*, *Theodolet* et Alanus *in Parabolis;* et y fut treze ans six moys et deux sepmaines.

Mais notez que cependent il luy aprenoit à escripre gotticquement, et escripvoit tous ses livres, car l'art d'impression n'estoit encores en usaige.

Et portoit ordinairement un gros escriptoire pesant plus de sept mille quintaulx, duquel le gualimart estoit aussi gros et grand que les gros pilliers de Enay, et le cornet y pendoit à grosses chaines de fer à la capacité d'un tonneau de marchandise.

Puis luy leugt *De modis significandi*, avecques les commens de Hurtebize, de Fasquin, de Tropditeulx, de Gualehaul, de Jean le Veau, de Billonio, Brelinguandus, et un tas d'aultres; et y fut plus de dix huyt ans et unze moys. Et le sceut si bien que, au coupelaud, il le rendoit par cueur à revers, et prouvoit sus ses doigtz à sa mere que *de modis significandi non erat scientia.*

Puis luy leugt le *Compost*, où il fut bien seize ans et deux moys, lors que son dict precepteur mourut; et fut l'an mil quatre cens et vingt, de la verolle que luy vint.

Après en eut un aultre vieux tousseux, nommé Maistre Jobelin Bridé, qui luy leugt Hugutio, Hebrard *Grecisme*, *le Doctrinal*, *les Pars*, le *Quid est*, le *Supplementum*, Marmotret, *De moribus in mensa servandis*, Seneca *De quatuor virtutibus cardinalibus*, Passavantus *cum Commento*, et *Dormi secure* pour les festes, et quelques aultres de semblable farine. A la lecture desquelz il devint aussi saige qu'onques puis ne fourneasmes nous.

Comment Gargantua fut mis soubzs aultres pedagoges.

CHAPITRE XV

A tant son pere aperceut que vrayement il estudioit très bien et y mettoit tout son temps, toutesfoys qu'en rien ne prouffitoit et, que pis est, en devenoit fou, niays, tout resveux et rassoté.

De quoy se complaignant à Don Philippe des Marays, vice roy de Papeligosse, entendit que mieulx luy vauldroit rien n'aprendre que telz livres soubz telz precepteurs aprendre, car leur sçavoir n'estoit que besterie et leur sapience n'estoit que moufles, abastardisant les bons et nobles esperitz et corrompent toute fleur de jeunesse.

« Qu'ainsi soit, prenez (dist il) quelc'un de ces jeunes gens du temps present, qui ait seulement estudié deux ans. En cas qu'il ne ait meilleur jugement, meilleures parolles, meilleur propos que vostre filz, et meilleur entretien et honnesteté entre le monde, reputez moy à jamais un taillebacon de la Brene. » Ce que à Grandgousier pleust très bien, et commanda qu'ainsi feust faict.

Au soir, en soupant, ledict Des Marays introduict un sien jeune paige de Villegongys, nommé Eudemon, tant bien testonné, tant bien tiré, tant bien espoussеté, tant honneste en son maintien, que trop mieulx resembloit quelque petit angelot qu'un homme. Puis dist à Grandgousier :

« Voyez vous ce jeune enfant ? Il n'a encor douze ans; voyons, si bon vous semble, quelle difference y a entre le sçavoir de voz resveurs mateologiens du temps jadis et les jeunes gens de maintenant. »

L'essay pleut à Grandgousier, et commanda que le paige propozast. Alors Eudemon, demandant congié de ce ſaire audict vice roy son maistre, le bonnet au poing, la face ouverte, la bouche vermeille, les yeulx asseurez et le reguard assis suz Gargantua avecques modestie juvenile, se tint sus ses pieds, et commença le louer et magnifier premierement de sa vertus et bonnes meurs, secondement de son sçavoir, tiercement de sa noblesse, quartement de sa beaulté corporelle, et, pour le quint, doulcement l'exhortoit à reverer son pere en toute observance, lequel tant s'estudioit à bien le faire instruire, enfin le prioit qu'il le voulsist retenir pour le moindre de ses serviteurs, car aultre don pour le present ne requeroit des cieulx, sinon qu'il luy feust faict grace de luy complaire en quelque service agreable. Le tout feut par icelluy proferé avecques gestes tant propres, pronunciation tant distincte, voix tant eloquente et languaige tant aorné et bien latin, que mieulx resembloit un Gracchus, un Ciceron ou un Emilius du temps passé qu'un jouvenceau de ce siecle.

Mais toute la contenence de Gargantua fut qu'il se print à plorer comme une vache et se cachoit le visaige de son bonnet, et ne fut possible de tirer de luy une parolle non plus q'un pet d'un asne mort.

Dont son pere fut tant courroussé qu'il voulut occire Maistre Jobelin. Mais ledict Des Marays l'en guarda par belle remonstrance qu'il luy feist, en maniere que fut son ire moderée. Puis commenda qu'il feust payé de ses guaiges et qu'on le feist bien chopiner sophisticquement; ce faict, qu'il allast à tous les diables.

« Au moins (disoit il) pour le jourd'huy ne coustera il gueres à son houste, si d'aventure il mouroit ainsi, sou comme un Angloys. »

Maistre Jobelin party de la maison, consulta Grandgousier avecques le vice roy quel precepteur l'on luy pourroit bailler, et feut avisé entre eulx que à cest office seroit mis Ponocrates, pedaguoge de Eudemon, et que tous ensemble iroient à Paris, pour congnoistre quel estoit l'estude des jouvenceaulx de France pour icelluy temps.

Comment Gargantua fut envoyé à Paris,
et de l'enorme jument que le porta
et comment elle deffit les mousches bovines de la Beauce.

CHAPITRE XVI

En ceste mesmes saison, Fayoles, quart roy de Numidie, envoya du pays de Africque à Grandgousier une jument la plus enorme et la plus grande que feut oncques veue, et la plus monstreuse (comme assez sçavez que Africque aporte tousjours quelque chose de noveau), car elle estoit grande comme six oriflans, et avoit les pieds fenduz en doigtz comme le cheval de Jules Cesar, les aureilles ainsi pendentes comme les chievres de Languegoth, et une petite corne au cul. Au reste, avoit poil d'alezan toustade, entreillizé de grizes pommelettes. Mais sus tout avoit la queue horrible, car elle estoit, poy plus poy moins, grosse comme la pile Sainct Mars, auprès de Langès, et ainsi quarrée, avecques les brancars ny plus ny moins ennicrochez que sont les espicz au bled.

Si de ce vous esmerveillez, esmerveillez vous daddvantaige de la queue des beliers de Scythie, que pesoit plus de trente livres, et des moutons de Surie, esquelz fault (si Tenaud dict vray) affuster une charrette au cul pour la porter, tant elle est longue et pesante. Vous ne l'avez pas telle, vous aultres paillards de plat pays.

Et fut amenée par mer, en troys carracques et un brigantin, jusques au port de Olone en Thalmondoys.

Lorsque Grandgousier la veit : « Voicy (dist il) bien le cas pour porter mon filz à Paris. Or çà, de par Dieu, tout yra bien. Il sera grand clerc on temps advenir. Si n'estoient messieurs les bestes, nous vivrions comme clercs. »

Au lendemain, après boyre (comme entendez),

prindrent chemin Gargantua, son precepteur Ponocrates, et ses gens, ensemble eulx Eudemon, le jeune paige. Et par ce que c'estoit en temps serain et bien attrempé, son pere luy feist faire des bottes fauves; Babin les nomme brodequins.

Ainsi joyeusement passerent leur grand chemin, et tousjours grand chere, jusques au dessus de Orleans. Au quel lieu estoit une ample forest de la longueur de trente et cinq lieues, et de largeur dix et sept, ou environ. Icelle estoit horriblement fertile et copieuse en mousches bovines et freslons, de sorte que c'estoit une vraye briguanderye pour les pauvres jumens, asnes et chevaulx. Mais la jument de Gargantua vengea honnestement tous les oultrages en icelle perpetrées sur les bestes de son espece par un tour duquel ne se doubtoient mie. Car, soubdain qu'ilz feurent entrez en la dicte forest et que les freslons luy eurent livré l'assault, elle desguaina sa queue et si bien s'escarmouschant les esmoucha qu'elle en abatit tout le boys. A tord, à travers, deçà, delà, par cy, par là, de long, de large, dessus, dessoubz, abatoit boys comme un fauscheur faict d'herbes, en sorte que depuis n'y eut ne boys ne freslons, mais feut tout le pays reduict en campaigne.

Quoy voyant, Gargantua y print plaisir bien grand sans aultrement s'en vanter, et dist à ses gens : « Je trouve beau ce », dont fut depuis appellé ce pays la Beauce. Mais tout leur desjeuner feut par baisler; en memoire de quoy encores de present les gentilzhommes de Beauce desjeunent de baisler, et s'en trouvent fort bien, et n'en crachent que mieulx.

Finablement arriverent à Paris, auquel lieu se refraischit deux ou troys jours, faisant chere lye avecques ses gens, et s'enquestant quelz gens sçavans estoient pour lors en la ville et quel vin on y beuvoit.

Comment Gargantua paya sa bienvenue es Parisiens et comment il print les grosses cloches de l'eglise Nostre Dame.

CHAPITRE XVII

Quelques jours après qu'ilz se feurent refraichiz, il visita la ville, et fut veu de tout le monde en grande admiration, car le peuple de Paris est tant sot, tant badault et tant inepte de nature, qu'un basteleur, un porteur de rogatons, un mulet avecques ses cymbales, un vielleuz au mylieu d'un carrefour, assemblera plus de gens que ne feroit un bon prescheur evangelicque.

Et tant molestement le poursuyvirent qu'il feut contrainct soy reposer suz les tours de l'eglise Nostre Dame. Auquel lieu estant, et voyant tant de gens à l'entour de soy, dist clerement :

« Je croy que ces marroufles voulent que je leurs paye icy ma bien venue et mon *proficiat*. C'est raison. Je leur voys donner le vin, mais ce ne sera que par rys. »

Lors, en soubriant, destacha sa belle braguette, et, tirant sa mentule en l'air, les compissa si aigrement qu'il en noya deux cens soixante mille quatre cens dix et huyt, sans les femmes et petiz enfans.

Quelque nombre d'iceulx evada ce pissefort à legiereté des pieds, et, quand furent au plus hault de l'Université, suans, toussans, crachans et hors d'halene. commencerent à renier et jurer, les ungs en cholere, les aultres par rys : « Carymary, carymara! Par saincte Mamye, nous son baignez par rys! » Dont fut depuis la ville nommée *Paris*, laquelle auparavant on appelloit

Leucece, comme dict Strabo, *lib. iiij*, c'est à dire, en grec, *Blanchette*, pour les blanches cuisses des dames dudict lieu. Et, par autant que à ceste nouvelle imposition du nom tous les assistans jurerent chascun les saincts de sa paroisse, les Parisiens, qui sont faictz de toutes gens et toutes pieces, sont par nature et bons jureurs et bon juristes, et quelque peu oultrecuydez, dont estime Joaninus de Barranco, *libro De copiositate reverentiarum*, que sont dictz *Parrhesiens* en Grecisme, c'est à dire fiers en parler.

Ce faict, considera les grosses cloches que estoient esdictes tours, et les feist sonner bien harmonieusement. Ce que faisant, luy vint en pensée qu'elles serviroient bien de campanes au coul de sa jument, laquelle il vouloit renvoier à son pere toute chargée de froumaiges de Brye et de harans frays. De faict, les emporta en son logis.

Cependent vint un commandeur jambonnier de sainct Antoine pour faire sa queste suille, lequel, pour se faire entendre de loing et faire trembler le lard au charnier, les voulut emporter furtivement, mais par honnesteté les laissa, non parce qu'elles estoient trop chauldes, mais parce qu'elles estoient quelque peu trop pesantes à la portée. Cil ne fut pas celluy de Bourg, car il est trop de mes amys.

Toute la ville feut esmeue en sedition, comme vous sçavez que à ce ilz sont tant faciles que les nations estranges s'esbahissent de la patience des Roys de France, lesquelz aultrement par bonne justice ne les refrenent, veuz les inconveniens qui en sortent de jour en jour. Pleust à Dieu que je sceusse l'officine en laquelle sont forgez ces chismes et monopoles, pour les mettre en evidence es confraries de ma paroisse!

Croyez que le lieu auquel convint le peuple tout folfré et habaliné feut Nesle, où lors estoit, maintenant n'est plus l'oracle de Lucece. Là feut proposé le cas et remonstré l'inconvenient des cloches transportées. Après avoir bien ergoté *pro et contra*, feut conclud en *Baralipton* que l'on envoyroit le plus vieux et suffisant de la Faculté vers Gargantua pour luy remonstrer l'horrible inconvenient de la perte d'icelles cloches, et, nonobstant la remonstrance d'aulcuns de l'Université qui alleguoient que ceste charge mieulx competoit à un orateur que à un sophiste, feut à cest affaire esleu nostre Maistre Janotus de Bragmardo.

Comment Janotus de Bragmardo feut envoyé pour recouvrer de Gargantua les grosses cloches.

CHAPITRE XVIII

Maistre Janotus, tondu à la cesarine, vestu de son lyripipion à l'antique, et bien antidoté l'estomac de coudignac de four et eau beniste de cave, se transporta au logis de Gargantua, touchant davant soy troys vedeaulx à rouge muzeau, et trainant après cinq ou six maistres inertes, bien crottez à profit de mesnaige.

A l'entrée les rencontra Ponocrates, et eut frayeur en soy, les voyant ainsi desguisez, et pensoit que feussent quelques masques hors du sens. Puis s'enquesta à quelq'un desditcz maistres inertes de la bande, que queroit ceste mommerie. Il luy feut respondu qu'ilz demandoient les cloches leurs estre rendues.

Soubdain ce propos entendu, Ponocrates courut dire les nouvelles à Gargantua, affin qu'il feust prest de la responce et deliberast sur le champ ce que estoit de faire. Gargantua, admonesté du cas, appella à part Ponocrates son precepteur, Philotomie son maistre d'hostel, Gymnaste son escuyer, et Eudemon, et sommairement confera avecques eulx sus ce que estoit tant à faire que à respondre. Tous feurent d'advis que on les menast au retraist du goubelet et là on les feist boyre rustrement, et, affin que ce tousseux n'entrast en vaine gloire pour à sa requeste avoir rendu les cloches, l'on mandast, cependent qu'il chopineroit, querir le prevost de la ville, le recteur de la Faculté, le vicaire de l'eglise, esquelz, davant que le sophiste eust proposé sa commission, l'on delivreroit les cloches. Après ce, iceulx presens, l'on oyroit sa belle harangue. Ce que fut faict, et, les susdictz arrivez, le sophiste feut en plene salle introduict et commença ainsi que s'ensuit, en toussant.

La harangue de maistre Janotus de Bragmardo faicte à Gargantua pour recouvrer les cloches.

CHAPITRE XIX

« Ehen, hen, hen! *Mna dies*, Monsieur, *mna dies*, *et vobis*, Messieurs. Ce ne seroyt que bon que nous rendissiez noz cloches, car elles nous font bien besoing. Hen, hen, hasch! Nous en avions bien aultresfoys refusé de bon argent de ceulx de Londres en Cahors, sy avions nous de ceulx de Bourdeaulx en Brye, qui les vouloient achapter pour la substantificque qualité de la complexion elementaire que est intronificquée en la terresterité de leur nature quidditative pour extraneizer les halotz et les turbines suz noz vignes, vrayement non pas nostres, mais d'icy auprès; car, si nous perdons le piot, nous perdons tout, et sens et loy.

« Si vous nous les rendez à ma requeste, je y guaigneray six pans de saulcices et une bonne paire de chausses que me feront grant bien à mes jambes, ou ilz ne me tiendront pas promesse. Ho! par Dieu, *Domine*, une pair de chausses est bon, *et vir sapiens non abhorrebit eam.* Ha! ha! il n'a pas pair de chausses qui veult, je le sçay bien quant est de moy! Advisez, *Domine;* il y a dix huyt jours que je suis à matagraboliser ceste belle harangue : *Reddite que sunt Cesaris Cesari*, *et que sunt Dei Deo. Ibi jacet lepus.*

« Par ma foy, *Domine*, si voulez souper avecques moy *in camera*, par le corps Dieu! *charitatis*, *nos faciemus bonum cherubin. Ego occidi unum porcum*, *et ego habet bon vino.* Mais de bon vin on ne peult faire maulvais latin.

« Or sus, *de parte Dei*, *date nobis clochas nostras.* Tenez, je vous donne de par la Faculté ung *Sermones de Utino* que, *utinam*, vous nous baillez nos cloches. *Vultis etiam pardonos ? Per diem, vos habebitis et nihil poyabitis.*

« O Monsieur *Domine, clochidonnaminor nobis!* Dea, *est bonum urbis.* Tout le monde s'en sert. Si vostre jument s'en trouve bien, aussi faict nostre Faculté, *que comparata est jumentis insipientibus et similis facta est eis, psalmo nescio quo...* Si l'avoys je bien quotté en mon paperat, *et est unum bonum Achilles.* Hen, hen, ehen, hasch!

« Ça! je vous prouve que me les doibvez bailler. *Ego sic argumentor :*

« *Omnis clocha clochabilis, in clocherio clochando, clochans clochativo clochare facit clochabiliter clochantes. Parisius habet clochas. Ergo gluc.*

« Ha, ha, ha, c'est parlé cela! Il est *in tertio prime*, en *Darii* ou ailleurs. Par mon ame, j'ay veu le temps que je faisois diables de arguer, mais de present je ne fais plus que resver, et ne me fault plus dorenavant que bon vin, bon lict, le dos au feu, le ventre à table et escuelle bien profonde.

« Hay, *Domine*, je vous pry, *in nomine Patris et Filii et Spiritus Sancti, amen*, que vous rendez noz cloches, et Dieu vous guard de mal, et Nostre Dame de Santé, *qui vivit et regnat per omnia secula seculorum, amen.* Hen, hasch, ehasch, grenhenhasch!

« *Verum enim vero, quando quidem, dubio procul, edepol, quoniam, ita certe, meus Deus fidus,* une ville sans cloches est comme un aveugle sans baston, un asne sans cropiere, et une vache sans cymbales. Jusques à ce que nous les ayez rendues, nous ne cesserons de crier apres vous comme un aveugle qui a perdu son baston, de braisler comme un asne sans cropiere, et de bramer comme une vache sans cymbales.

« Un quidam latinisateur, demourant près l'Hostel Dieu, dist une foys, allegant l'autorité d'ung Taponnus, — je faulx : c'estoit Pontanus, poete seculier, — qu'il desiroit qu'elles feussent de plume et le batail feust d'une queue de renard, pource qu'elles luy engendroient la chronique aux tripes du cerveau quand il composoit ses vers carminiformes. Mais, nac petitin petetac, ticque, torche, lorne, il feut declairé hereticque; nous les faisons comme de cire. Et plus n'en dict le deposant. *Valete et plaudite. Calepinus recensui.* »

Comment le sophiste emporta son drap, et comment il eut procès contre les aultres maistres.

CHAPITRE XX

Le sophiste n'eut si toust achevé que Ponocrates et Eudemon s'esclafferent de rire tant profondement que en cuiderent rendre l'ame à Dieu, ne plus ne moins que Crassus, voyant un asne couillart qui mangeoit des chardons, et comme Philemon, voyant un asne qui mangeoit les figues qu'on avoit apresté pour le disner, mourut de force de rire. Ensemble eulx commença rire Maistre Janotus, à qui mieulx mieulx, tant que les larmes leurs venoient es yeulx par la vehemente concution de la substance du cerveau, à laquelle furent exprimées ces humiditez lachrymales et transcoullées jouxte les nerfz optiques. En quoy par eulx estoyt Democrite heraclitizant et Heraclyte democritizant representé.

Ces rys du tout sedez, consulta Gargantua avecques ses gens sur ce qu'estoit de faire. Là feut Ponocrates d'advis qu'on feist reboyre ce bel orateur, et, veu qu'il leurs avoit donné de passetemps et plus faict rire que n'eust Songecreux, qu'on luy baillast les dix pans de saulcice mentionnez en la joyeuse harangue, avecques une paire de chausses, troys cens de gros boys de moulle, vingt et cinq muitz de vin, un lict à triple couche de plume anserine, et une escuelle bien capable et profonde, lesquelles disoit estre à sa vieillesse necessaires.

Le tout fut faist ainsi que avoit esté deliberé, excepté que Gargantua, doubtant que on ne trouvast à l'heure chausses commodes pour ses jambes, doubtant aussy de quelle façon mieulx duyroient audict orateur, ou à la martingualle qui est un pont levis de cul pour plus aisement fianter, ou à la mariniere pour mieulx soulaiger les roignons, ou à la Souice pour tenir chaulde la bedondaine, ou à queue de merluz de peur d'eschauffer les reins, luy feist livrer sept aulnes de drap noir, et troys de blanchet pour la doubleure. Le boys feut porté par les guaingne deniers; les maistres ez ars porterent les saulcices et escuelles; Maistre Janot voulut porter le drap.

Un desdictz maistres, nommé Maistre Jousse Bandouille, luy remonstroit que ce n'estoit honeste ny decent son estat et qu'il le baillast à quelq'un d'entre eulx.

« Ha! (dist Janotus) baudet, baudet, tu ne concluds poinct *in modo et figura*. Voylà de quoy servent les suppositions et *parva logicalia*. *Panus pro quo supponit ?*

— *Confuse* (dist Bandouille) *et distributive*.

— Je ne te demande pas (dist Janotus), baudet, *quo modo supponit*, mais *pro quo;* c'est, baudet, *pro tibiis meis*. Et pour ce le porteray je *egomet*, *sicut suppositum portat adpositum*. »

Ainsi l'emporta en tapinois, comme feist Patelin son drap.

Le bon feut quand le tousseux, glorieusement, en plein acte tenu chez les Mathurins, requist ses chausses et saulcisses; car peremptoirement luy feurent deniez, par autant qu'il les avoit eu de Gargantua, selon les informations sur ce faictes. Il leurs remonstra que ce avoit esté de *gratis* et de sa liberalité, par laquelle ilz n'estoient mie absoubz de leurs promesses. Ce nonobstant, luy fut respondu qu'il se contentast de raison, et que aultre bribe n'en auroit.

« Raison (dist Janotus), nous n'en usons poinct ceans. Traistres malheureux, vous ne valez rien; la terre ne porte gens plus meschans que vous estes, je le sçay bien. Ne clochez pas devant les boyteux : j'ai exercé la meschanceté avecques vous. Par la ratte Dieu! je advertiray le Roy des enormes abus que sont forgez ceans et par voz mains et meneez, et que je soye ladre s'il ne vous faict tous vifz brusler comme bougres, traistres, hereticques et seducteurs, ennemys de Dieu et de vertus! »

A ces motz, prindrent articles contre luy; luy, de l'aultre costé, les feist adjourner. Somme, le procès fut retenu par la Court, et y est encores. Les magistres, sur ce poinct, feirent veu de ne soy descroter, Maistre Janot, avecques ses adherens, feist veu de ne se mouscher, jusques à ce qu'en feust dict par arrest definitif.

Par ces veuz sont jusques à present demourez et croteux et morveux, car la Court n'a encores bien grabelé toutes les pieces; l'arrest sera donné es prochaines calendes Grecques, c'est à dire jamais, comme vous sçavez qu'ilz font plus que nature et contre leurs articles propres. Les articles de Paris chantent que Dieu seul peult faire choses infinies. Nature rien ne faict immortel, car elle mect fin et periode à toutes choses par elle produictes : car *omnia orta cadunt*, etc.; mais ces avalleurs de frimars font les procès davant eux pendens et infiniz et immortelz. Ce que faisans, ont donné lieu et verifié le dict de Chilon, Lacedemonien, consacré en Delphes, disant Misere estre compaigne de Procès et gens playdoiens miserables, car plus tost ont fin de leur vie que de leur droict pretendu.

L'estude de Gargantua, selon la discipline de ses precepteurs sophistes.

CHAPITRE XXI

Les premiers jours ainsi passez et les cloches remises en leur lieu, les citoyens de Paris, par recongnoissance de ceste honnesteté, se offrirent d'entretenir et nourrir sa jument tant qu'il luy plairoit, — ce que Gargantua print bien à gré, — et l'envoyerent vivre en la forest de Biere. Je croy qu'elle n'y soyt plus maintenant.

Ce faict, voulut de tout son sens estudier à la discretion de Ponocrates; mais icelluy, pour le commencement, ordonna qu'il feroit à sa maniere accoustumée, affin d'entendre par quel moyen, en si long temps, ses antiques precepteurs l'avoient rendu tant fat, niays et ignorant.

Il dispensoit doncques son temps en telle façon que ordinairement il s'esveilloit entre huyt et neuf heures, feust jour ou non; ainsi l'avoient ordonné ses regens antiques, alleguans ce que dict David : *Vanum est vobis ante lucem surgere.*

Puis se guambayoit, penadoit et paillardoit parmy le lict quelque temps pour mieulx esbaudir ses esperitz animaulx; et se habiloit selon la saison, mais voluntiers portoit il une grande et longue robbe de grosse frize fourrée de renards; après se peignoit du peigne de Almain, c'estoit des quatre doigtz et le poulce, car ses precepteurs disoient que soy aultrement pigner, laver et nettoyer estoit perdre temps en ce monde.

Puis fiantoit, pissoyt, rendoyt sa gorge, rottoit, pettoyt, baisloyt, crachoyt, toussoyt, sangloutoyt, esturnuoit et se morvoyt en archidiacre, et desjeunoyt pour abatre la rouzée et maulvais aer : belles tripes frites, belles charbonnades, beaulx jambons, belles cabirotades et force soupes de prime.

Ponocrates luy remonstroit que tant soubdain ne debvoit repaistre au partir du lict sans avoir premierement faict quelque exercice. Gargantua respondit :

« Quoy! n'ay je faict suffisant exercice ? Je me suis vaultré six ou sept tours parmy le lict davant que me lever. Ne est ce assez ? Le pape Alexandre ainsi faisoit, par le conseil de son medicin Juif, et vesquit jusques à la mort en despit des envieux. Mes premiers maistres me y ont acoustumé, disans que le desjeuner faisoit bonne memoire; pour tant y beuvoient les premiers. Je m'en trouve fort bien et n'en disne que mieulx. Et me disoit Maistre Tubal (qui feut premier de sa licence à Paris) que ce n'est tout l'advantaige de courir bien toust, mais bien de partir de bonne heure; aussi n'est ce la santé totale de nostre humanité boyre à tas, à tas, à tas, comme canes, mais ouy bien de boyre matin; *unde versus :*

> Lever matin n'est poinct bon heur;
> Boire matin est le meilleur.

Après avoir bien à poinct desjeuné, alloit à l'eglise, et luy pourtoit on dedans un grand penier un gros breviaire empantophlé, pesant, tant en gresse que en fremoirs et parchemin, poy plus poy moins, unze quintaulx six livres. Là oyoit vingt et six ou trente messes. Ce pendent venoit son diseur d'heures en place, empaletocqué comme une duppe, et très bien antidoté son alaine à force syrop vignolat; avecques icelluy marmonnoit toutes ces kyrielles, et tant curieusement les espluchoit qu'il n'en tomboit un seul grain en terre.

Au partir de l'eglise, on luy amenoit sur une traine à beufz un faratz de patenostres de Sainct Claude, aussi grosses chascune qu'est le moulle d'un bonnet, et, se pourmenant par les cloistres, galeries ou jardin, en disoit plus que seze hermites.

Puis estudioit quelque meschante demye heure, les yeulx assis dessus son livre; mais (comme dict le comicque) son ame estoit en la cuysine.

Pissant doncq plein urinal, se asseoyt à table, et, par ce qu'il estoit naturellement phlegmaticque, commençoit son repas par quelques douzeines de jambons, de langues de beuf fumées, de boutargues, d'andouilles, et telz aultres avant coureurs de vin.

Ce pendent quatre de ses gens luy gettoient en la bouche, l'un après l'aultre, continuement, moustarde à pleines palerées. Puis beuvoit un horrificque traict de vin blanc pour luy soulaiger les roignons. Après, mangeoit, selon la saison, viandes à son appetit, et lors cessoit de manger quand le ventre luy tiroit.

A boyre n'avoit poinct fin ny canon, car il disoit que les metes et bournes de boyre estoient quand, la personne beuvant, le liege de ses pantoufles enfloit en hault d'un demy pied.

Les jeux de Gargantua.

CHAPITRE XXII

Puis, tout lordement grignotant d'un transon de graces, se lavoit les mains de vin frais, s'escuroit les dens avec un pied de porc et devisoit joyeusement avec ses gens. Puis, le verd estendu, l'on desployoit force chartes, force dez, et renfort de tabliers. Là jouoyt :

Au flux,
à la vole,
à la pille,
à la triumphe,
à la picardie,
au cent,
à pair et sequence,
à troys cens,
au malheureux,
à la condemnade,
à *qui a si parle*,
à *pille*, *nade*, *jocque*, *fore*,
à mariaige,
au gay,
au tarau,
à *coquinbert*, *qui gaigne perd*,
au beliné,
aux honneurs,
à la mourre,
aux eschetz,
au renard,
à trois dez,
au tables,
à la nicnocque,
à la prime,
à l'espinay,
à la malheureuse,
au fourby,
à passe dix,
à trente et ung,
à la charte virade,
au maucontent,
au lansquenet,
au cocu,
à l'opinion,
à *qui faict l'ung faict l'aultre*,
à la sequence,
au luettes,
au torment,
à la ronfle,
au glic,
au marelles,
au vasches,
à la blanche,
à la chance,
au lourche,
à la renette,
au barignin,

au trictrac,
à toutes tables,
au tables rabatues,
à la babou,
à *primus*, *secundus*,
au pied du cousteau,
au clefz,
au pingres,
à la bille,
au savatier,
au hybou,
à la corne,
au beuf violé,
à la cheveche,
à *je te pinse sans rire*,
à picoter,
à la bousquine,
à *tire la broche*,
à la boutte foyre,
à *compere, prestez moy vostre sac*,
à l'archer tru,
à escorcher le renard,
à la ramasse,
au croc madame,
à vendre l'avoine,
à souffler le charbon,
à Sainct Trouvé,
à *pinse m'orille*,
au poirier,
à pimpompet,
au triori,
au cercle,
à Foucquet,
au quilles,
au rapeau,
à la boulle plate,
à la courte boulle,
à la griesche,
à la recoquillette,
au cassepot,
à mon talent,
au picquet,
à la blancque,
au reniguebieu,
au forcé,
au dames,
au franc du carreau,
à pair ou non,
à croix ou pille,
au martres,
au dorelot du lievre,
à la tirelitantaine,
à *cochonnet va devant*,
au pies,
à deferrer l'asne,
à laiau tru,
au *bourry*, *bourryzou*,
à *je m'assis*,
à la barbe d'oribus,
à la couille de belier,
à boute hors,
à figues de Marseille,
à la mousque,
au responsailles,
au juge vif et juge mort,
à tirer les fers du four,
au fault villain,
au cailleteaux,
au bossu aulican,
à la truye,
à ventre contre ventre,
aux combes,
à la vergette,
au palet,
au *j'en suis*,
au vireton,
au picqu' à Rome,
à rouchemerde,
à Angenart,
à la pyrouète,
au jonchées,
au court baston,
au pyrevollet,
à clinemuzete,
à la rengée,
à la foussette,

au furon,
à la seguette,
au chastelet,
au tenebry,
à l'esbahy,
à la soulle,
à la navette,
à fessart,
au chesne forchu,
au cheveau fondu
à la queue au loup,
à pet en gueulle,
à la mousche,
à la *migne*, *migne beuf*,
au propous,
à neuf mains,
au cocquantin,
à Colin Maillard,
à myrelimofle,
à mouschart,
au crapault,
à la crosse,
à male mort,
aux croquinolles,
à laver la coiffe Madame,
au belusteau,
à semer l'avoyne,
à briffault,
au escoublettes enraigées
à la beste morte,
à *monte*, *monte l'eschelette*,
au pourceau mory,
à cul sallé,
au pigonnet,
au nid de la bondrée,
au passavant,
à la figue,
au pctarrades,
à pille moustarde,
à la grue,
à taille coup,
au nazardes,
au ronflart,
à la trompe,
au moyne,
au ballay,
à *Sainct Cosme, je te viens adorer*,
à escharbot le brun,
à *je vous prens sans verd*,
à *bien et beau s'en va Quaresme*,
à *Guillemin ballie my ma lance*,
à la brandelle,
au treseau,
au bouleau,
au chapifou,
au pontz cheuz,
à Colin bridé,
à la grolle,
au piston,
au bille boucquet,
au roynes,
au mestiers,
à *teste à teste bechevel*,
au pinot,
au molinet,
à *defendo*,
à la virevouste,
à la bacule,
au laboureur,
à la cheveche,
au tiers,
à la bourrée,
au sault du buisson,
à croyzer,
à la cutte cache,
à la maille, bourse en cul,
à cambos,
à la recheute,
au picandeau,
à croqueteste,
à la grolle,
aux allouettes,
aux chinquenaudes.

Après avoir bien joué, sessé, passé et beluté temps, convenoit boire quelque peu, — c'estoient unze peguadz pour homme, — et, soubdain après bancqueter, c'estoit sus un beau banc ou en beau plein lict s'estendre et dormir deux ou troys heures, sans mal penser ny mal dire.

Luy esveillé, secouoit un peu les aureilles. Ce pendent estoit apporté vin frais; là beuvoyt mieulx que jamais.

Ponocrates luy remonstroit que c'estoit mauvaise diete ainsi boyre après dormir.

« C'est (respondist Gargantua) la vraye vie des Peres, car de ma nature je dors sallé, et le dormir m'a valu autant de jambon. »

Puis commençoit estudier quelque peu, et patenostres en avant, pour lesquelles mieulx en forme expedier montoit sus une vieille mulle, laquelle avoit servy neuf Roys. Ainsi marmotant de la bouche et dodelinant de la teste, alloit veoir prendre quelque connil aux filletz.

Au retour se transportoit en la cuysine pour sçavoir quel roust estoit en broche.

Et souppoit très bien, par ma conscience! et voluntiers convioit quelques beuveurs de ses voisins, avec lesquelz, beuvant d'autant, comptoient des vieux jusques es nouveaulx. Entre aultres avoit pour domesticques les seigneurs du Fou, de Gourville, de Grignault et de Marigny.

Après souper venoient en place les beaux Evangiles de boys, c'est à dire force tabliers, ou le beau flux *Un*, *deux*, *troys*, ou *A toutes restes* pour abreger, ou bien alloient voir les garses d'entour, et petitz bancquetz parmy, collations et arriere collations. Puis dormoit sans desbrider jusques au lendemain huict heures.

Comment Gargantua feut institué par Ponocrates en telle discipline qu'il ne perdoit heure du jour.

CHAPITRE XXIII

Quand Ponocrates congneut la vitieuse maniere de vivre de Gargantua, delibera aultrement le instituer en lettres, mais pour les premiers jours le tolera, considerant que Nature ne endure mutations soubdaines sans grande violence.

Pour doncques mieulx son œuvre commencer, supplia un sçavant medicin de celluy temps, nommé Maistre Theodore, à ce qu'il considerast si possible estoit remettre Gargantua en meilleure voye, lequel le purgea canonicquement avec elebore de Anticyre et par ce medicament luy nettoya toute l'alteration et perverse habitude du cerveau. Par ce moyen aussi Ponocrates luy feist oublier tout ce qu'il avoit apris soubz ses antiques precepteurs, comme faisoit Timothé à ses disciples qui avoient esté instruictz soubz aultres musiciens.

Pour mieulx ce faire, l'introduisoit es compaignies des gens sçavans que là estoient, à l'emulation desquelz luy creust l'esperit et le desir de estudier aultrement et se faire valoir.

Apres un tel train d'estude le mist qu'il ne perdoit heure quelconques du jour, ains tout son temps consommoit en lettres et honeste sçavoir.

Se esveilloit doncques Gargantua environ quatre heures du matin. Ce pendent qu'on le frotoit, luy estoit leue quelque pagine de la divine Escripture haultement et clerement, avec pronunciation competente à la matiere; et à ce estoit commis un jeune paige, natif de Basché, nommé Anagnostes. Selon le propos et argument de ceste leçon souventesfoys se adonnoit à reverer, adorer, prier et supplier le bon Dieu, duquel la lecture monstroit la majesté et jugemens merveilleux.

Puis alloit es lieux secretz faire excretion des digestions naturelles. Là son precepteur repetoit ce que avoit esté leu, luy exposant les poinctz plus obscurs et difficiles.

Eulx retornans, consideroient l'estat du ciel : si tel estoit comme l'avoient noté au soir precedent, et quelz signes entroit le soleil, aussi la lune, pour icelle journée.

Ce faict, estoit habillé, peigné, testonné, accoustré et parfumé, durant lequel temps on luy repetoit les leçons du jour d'avant. Luy mesmes les disoit par cueur, et y fondoit quelque cas practicques et concernens l'estat humain, lesquelz ilz estendoient aulcunes foys jusques deux ou troys heures, mais ordinairement cessoient lors qu'il estoit du tout habillé.

Puis par troys bonnes heures luy estoit faicte lecture.

Ce faict, yssoient hors, tousjours conferens des propoz de la lecture, et se desportoient en Bracque, ou es prez, et jouoient à la balle, à la paulme, à la pile trigone, galentement se exercens les corps comme ilz avoient les ames auparavant exercé.

Tout leur jeu n'estoit qu'en liberté, car ilz laissoient la partie quant leur plaisoit et cessoient ordinairement lors que suoient parmy le corps, ou estoient aultrement las. Adoncq estoient tres bien essuez et frottez, changeoint de chemise et, doulcement se pourmenans, alloient veoir sy le disner estoit prest. Là attendens, recitoient clerement et eloquentement quelques sentences retenues de la leçon.

Ce pendent Monsieur l'Appetit venoit, et par bonne oportunité s'asseoient à table.

Au commencement du repas estoit leue quelque histoire plaisante des anciennes prouesses, jusques à ce qu'il eust prins son vin.

Lors (si bon sembloit) on continuoit la lecture, ou commenceoient à diviser joyeusement ensemble, parlans, pour les premiers moys, de la vertus, proprieté, efficace et nature de tout ce que leur estoit servy à table : du pain, du vin, de l'eau, du sel, des viandes, poissons, fruictz, herbes, racines, et de l'aprest d'icelles. Ce que faisant, aprint en peu de temps tous les passaiges à ce competens en Pline, Athené, Dioscorides, Jullius Pollux, Galen, Porphyre, Opian, Polybe, Heliodore, Aristoteles, Aelian et aultres. Iceulx propos tenus, faisoient souvent, pour plus estre asseurez, apporter les livres susdictz à table. Et si bien et entierement retint en sa memoire les choses dictes, que pour lors n'estoit medicin qui en sceust à la moytié tant comme il faisoit.

Apres, devisoient des leçons leues au matin, et, parachevant leur repas par quelque confection de cotoniat, se couroit les dens avecques un trou de lentisce, se lavoit les mains et les yeulx de belle eaue fraische, et rendoient graces à Dieu par quelques beaulx canticques faictz à la louange de la munificence et benignité divine. Ce faict, on apportoit des chartes, non pour jouer, mais pour y apprendre mille petites gentillesses et inventions nouvelles, lesquelles toutes yssoient de arithmetique.

En ce moyen entra en affection de icelle science numerale, et tous les jours, apres disner et souper, y passoit temps aussi plaisantement qu'il souloit en dez ou es chartes. A tant, sceut d'icelle et theoricque et practicque si bien que Tunstal, Angloys, qui en avoit amplement escript, confessa que vrayement, en comparaison de luy, il n'y entendoit que le hault alemant.

Et non seulement d'icelle, mais des aultres sciences mathematicques, comme geometrie, astronomie et musicque; car, attendens la concoction et digestion de son past, ilz faisoient mille joyeux instrumens et figures geometricques, et de mesmes pratiquoient les canons astronomicques.

Apres, se esbaudissoient à chanter musicalement à quatre et cinq parties, ou sus un theme à plaisir de gorge.

Au reguard des instrumens de musicque, il aprint jouer du luc, de l'espinette, de la harpe, de la flutte de Alemant et à neuf trouz, de la viole et de la sacqueboutte.

Ceste heure ainsi employée, la digestion parachevée, se purgoit des excremens naturelz, puis se remettoit à son estude principal par troys heures ou davantaige, tant à repeter la lecture matutinale que à poursuyvre le livre entreprins, que aussi à escripre et bien traire et former les antiques et romaines lettres.

Ce faict, yssoient hors leur hostel, avecques eulx un jeune gentilhomme de Touraine, nommé l'escuyer Gymnaste, lequel luy monstroit l'art de chevalerie.

Changeant doncques de vestemens, monstoit sus un coursier, sus un roussin, sus un genet, sus un cheval barbe, cheval legier, et luy donnoit cent quarieres, le faisoit voltiger en l'air, franchir le fossé, saulter le palys, court tourner en un cercle, tant à dextre comme à senestre.

Là rompoit non la lance, car c'est la plus grande resverye du monde dire : « J'ay rompu dix lances en tournoy ou en bataille » — un charpentier le feroit bien — mais louable gloire est d'une lance avoir rompu dix de ses ennemys. De sa lance doncq asserée, verde et roide, rompoit un huys, enfonçoit un harnoys, acculloyt une arbre, enclavoyt un aneau, enlevoit une selle d'armes, un aubert, un gantelet. Le tout faisoit armé de pied en cap.

Au reguard de fanfarer et faire les petitz popismes sus un cheval, nul ne le feist mieulx que luy. Le voltiger de Ferrare n'estoit q'un singe en comparaison. Singulierement, estoit aprins à saulter hastivement d'un cheval sus l'aultre sans prendre terre, — et nommoit on ces chevaulx desultoyres, — et de chascun cousté, la lance au poing, monter sans estriviers, et sans bride guider le cheval à son plaisir, car telles choses servent à discipline militaire.

Un aultre jour se exerceoit à la hasche, laquelle tant bien coulloyt, tant verdement de tous pics reserroyt, tant soupplement avalloit en taille ronde, qu'il feut passé chevalier d'armes en campaigne et en tous essays.

Puis bransloit la picque, sacquoit de l'espée à deux mains, de l'espée bastarde, de l'espagnole, de la dague et du poignard, armé, non armé, au boucler, à la cappe, à la rondelle.

Couroit le cerf, le chevreuil, l'ours, le dain, le sanglier, le lievre, la perdrys, le faisant, l'otarde. Jouoit à la grosse balle et la faisoit bondir en l'air, autant du pied que du poing. Luctoit, couroit, saultoit, non à troys pas un sault, non à clochepied, non au sault d'Alemant, — car (disoit Gymnaste) telz saulx sont inutiles et de nul bien en guerre, — mais d'un sault persoit un foussé, volloit sus une haye, montoit six pas encontre une muraille et rampoit en ceste façon à une fenestre de la haulteur d'une lance.

Nageoit en parfonde eau, à l'endroict, à l'envers, de cousté, de tout le corps, des seulz pieds, une main en l'air, en laquelle tenant un livre transpassoit toute la riviere de Seine sans icelluy mouiller, et tyrant par les dens son manteau, comme faisoit Jules Cesar. Puis d'une main entroit par grande force en basteau; d'icelluy se gettoit de rechief en l'eaue, la teste premiere, sondoit le parfond, creuzoyt les rochiers, plongeoit es abysmes et goufres. Puis icelluy basteau tournoit, gouvernoit, menoit hastivement, lentement, à fil d'eau, contre cours, le retenoit en pleine escluse, d'une main le guidoit, de l'aultre s'escrimoit avec un grand aviron, tendoit le vele, montoit au matz par les traictz, courroit sus les brancquars, adjoustoit la boussole, contreventoit les bulines, bendoit le gouvernail.

Issant de l'eau, roidement montoit encontre la montaigne et devalloit aussi franchement; gravoit es arbres comme un chat, saultoit de l'une en l'aultre comme un escurieux, abastoit les gros rameaulx comme un aultre Milo. Avec deux poignards asserez et deux poinsons esprouvez montoit au hault d'une maison comme un rat, descendoit puis du hault en bas en telle composition des membres que de la cheute n'estoit aulcunement grevé.

Jectoit le dart, la barre, la pierre, la javeline, l'espieu, la halebarde, enfonceoit l'arc, bandoit es reins les fortes arbalestes de passe, visoit de l'arquebouse à l'œil, affeustoit le canon, tyroit à la butte, au papeguay, du bas en mont, d'amont en val, devant, de cousté, en arriere comme les Parthes.

On luy atachoit un cable en quelque haulte tour, pendent en terre; par icelluy avecques deux mains montoit, puis devaloit sy roidement et sy asseurement que plus ne pourriez parmy un pré bien eguallé.

On lui mettoit une grosse perche apoyée à deux arbres; à icelle se pendoit par les mains, et d'icelle alloit et venoit sans des pieds à rien toucher, que à grande course on ne l'eust peu aconcepvoir.

Et, pour se exercer le thorax et pulmon, crioit comme tous les diables. Je l'ouy une foys appellant Eudemon, depuis la porte Sainct Victor jusques à Montmartre; Stentor n'eut oncques telle voix à la bataille de Troye.

Et, pour gualentir les nerfz, on luy avoit faict deux grosses saulmones de plomb, chascune du poys de huyt mille sept cens quintaulx, lesquelles il nommoit alteres; icelles prenoit de terre en chascune main et les elevoit en l'air au dessus de la teste, et les tenoit ainsi, sans soy remuer, troys quars d'heure et davantaige, que estoit une force inimitable.

Jouoit aux barres avecques les plus fors, et, quand le poinct advenoit, se tenoit sus ses pieds tant roiddement qu'il se abandonnoit es plus adventureux en cas qu'ilz le feissent mouvoir de sa place, comme jadis faisoit Milo, à l'imitation duquel aussi tenoit une pomme de grenade en sa main et la donnoit à qui luy pourroit ouster.

Le temps ainsi employé, luy froté, nettoyé et refraischy d'habillemens, tout doulcement retournoit, et, passans par quelques prez ou aultres lieux herbuz, visitoient les arbres et plantes, les conferens avec les livres des anciens qui en ont escript, comme Theophraste, Dioscorides, Marinus, Pline, Nicander, Macer et Galen, et en emportoient leurs plenes mains au logis, desquelles avoit la charge un jeune page, nommé

Rhizotome, ensemble des marrochons, des pioches, cerfouettes, beches, tranches et aultres instrumens requis à bien arborizer.

Eulx arrivez au logis, ce pendent qu'on aprestoit le souper, repetoient quelques passaiges de ce qu'avoit esté leu et s'asseoient à table.

Notez icy que son disner estoit sobre et frugal, car tant seulement mangeoit pour refrener les haboys de l'estomach; mais le soupper estoit copieux et large, car tant en prenoit que luy estoit de besoing à soy entretenir et nourrir, ce que est la vraye diete prescripte par l'art de bonne et seure medicine, quoy q'un tas de badaulx medicins, herselez en l'officine des sophistes, conseillent le contraire.

Durant icelluy repas estoit continuée la leçon du disner tant que bon sembloit; le reste estoit consommé en bons propous tous lettrez et utiles.

Apres graces rendues, se adonnoient à chanter musicalement, à jouer d'instrumens harmonieux, ou de ces petitz passetemps qu'on faict es chartes, es dez et guobeletz, et là demouroient, faisans grand chere et s'esbaudissans aulcunes foys jusques à l'heure de dormir; quelques foys alloient visiter les compaignies des gens lettrez, ou de gens que eussent veu pays estranges.

En pleine nuict, davant que soy retirer, alloient au lieu de leur logis le plus descouvert veoir la face du ciel, et là notoient les cometes, sy aulcunes estoient, les figures, situations, aspectz, oppositions et conjunctions des astres.

Puis avec son precepteur recapituloit briefvement, à la mode des Pythagoricques, tout ce qu'il avoit leu, veu, sceu, faict et entendu au decours de toute la journée.

Si prioient Dieu le createur, en l'adorant et ratifiant leur foy envers luy, et le glorifiant de sa bonté immense, et, luy rendant grace de tout le temps passé, se recommandoient à sa divine clemence pour tout l'advenir.

Ce faict, entroient en leur repous.

Comment Gargantua employoit le temps quand l'air estoit pluvieux.

CHAPITRE XXIV

S'il advenoit que l'air feust pluvieux et intemperé, tout le temps d'avant disner estoit employé comme de coustume, excepté qu'il faisoit allumer un beau et clair feu pour corriger l'intemperie de l'air. Mais apres disner, en lieu des exercitations, ilz demouroient en la maison et, par maniere de apotherapie, s'esbatoient à boteler du foin, à fendre et scier du boys, et à batre les gerbes en la grange; puys estudioient en l'art de paincture et sculpture, ou revocquoient en usage l'anticque jeu des tables ainsi qu'en a escript Leonicus et comme y joue nostre bon amy Lascaris. En y jouant recoloient les passaiges des auteurs anciens esquelz est faicte mention ou prinse quelque metaphore sus iceluy jeu.

Semblablement, ou alloient veoir comment on tiroit les metaulx, ou comment on fondoit l'artillerye, ou alloient veoir les lapidaires, orfevres et tailleurs de pierreries, ou les alchymistes et monoyeurs, ou les haultelissier, les tissotiers, les velotiers, les horologiers, miralliers, imprimeurs, organistes, tinturiers et aultres telles sortes d'ouvriers, et, partout donnans le vin, aprenoient et consideroient l'industrie et invention des mestiers.

Alloient ouïr les leçons publicques, les actes solennelz, les repetitions, les declamations, les playdoyez des gentilz advocatz, les concions des prescheurs evangeliques.

Passoit par les salles et lieux ordonnez pour l'escrime, et là contre les maistres essayoit de tous bastons, et leurs monstroit par evidence que autant, voyre plus, en sçavoit que iceulx.

Et, au lieu de arboriser, visitoient les bouticques des drogueurs, herbiers et apothecaires, et soigneusement consideroient les fruictz, racines, fueilles, gommes, semences, axunges peregrines, ensemble aussi comment on les adulteroit.

Alloit veoir les basteleurs, trejectaires et theriacleurs, et consideroit leurs gestes, leurs ruses, leurs sobressaulx et beau parler, singulierement de ceux de Chaunys en Picardie, car ilz sont de nature grands jaseurs et beaulx bailleurs de baillivernes en matiere de cinges verds.

Eulx retournez pour soupper, mangeoient plus sobrement que es aultres jours et viandes plus desiccatives et extenuantes, affin que l'intemperie humide de l'air, communicqué au corps par necessaire confinité, feust par ce moyen corrigée, et ne leurs feust incommode par ne soy estre exercitez comme avoient de coustume.

Ainsi fut gouverné Gargantua, et continuoit ce procès de jour en jour, profitant comme entendez que peut faire un jeune homme, scelon son aage, de bon sens, en tel exercice ainsi continué, lequel, combien que semblast pour le commencement difficile, en la continuation tant doulx fut, legier et delectable, que mieulx ressembloit un passetemps de roy que l'estude d'un escholier.

Toutesfoys Ponocrates, pour le sejourner de ceste vehemente intention des esperitz, advisoit une foys le moys quelque jour bien clair et serain, auquel bougeoient au matin de la ville, et alloient ou à Gentily, ou à Boloigne, ou à Montrouge, ou au pont Charanton, ou à Vanves, ou à Sainct Clou. Et là passoient toute la journée à faire la plus grande chère dont ilz se pouvoient adviser, raillans, gaudissans, beuvans d'aultant, jouans, chantans, dansans, se voytrans en quelque beau pré, denichans des passeraulx, prenans des cailles, peschans aux grenoilles et escrevisses.

Mais, encores que icelle journée feust passée sans

livres et lectures, poinct elle n'estoit passée sans proffit, car en beau pré ilz recoloient par cueur quelques plaisans vers de l'*Agriculture* de Virgile, de Hesiode, du *Rusticque* de Politian, descripvoient quelques plaisans epigrammes en latin, puis les mettoient par rondeaux et ballades en langue françoyse.

En banquetant, du vin aisgué separoient l'eau, comme l'enseigne Cato, *De re rust.*, et Pline, avecques un guobelet de lyerre; lavoient le vin en plain bassin d'eau, puis le retiroient avec un embut; faisoient aller l'eau d'un verre en aultre; bastisoient plusieurs petitz engins automates, c'est à dire soy mouvens eulx mesmes.

Comment feut meu entre les fouaciers de Lerné et ceux du pays de Gargantua le grand debat dont furent faictes grosses guerres.

CHAPITRE XXV

En cestuy temps, qui fut la saison de vendanges, au commencement de automne, les bergiers de la contrée estoient à guarder les vines et empescher que les estourneaux ne mangeassent les raisins.

Onquel temps les fouaciers de Lerné passoient le grand quarroy, menans dix ou douze charges de fouaces à la ville.

Lesdictz bergiers les requirent courtoisement leurs en bailler pour leur argent, au pris du marché. Car notez que c'est viande celeste manger à desjeuner raisins avec fouace fraiche, mesmement des pineaulx, des fiers, des muscadeaulx, de la bicane, et des foyrars pour ceulx qui sont constipez de ventre, car ilz les font aller long comme un vouge, et souvent, cuidans peter, ilz se conchient, dont sont nommez les cuideurs des vendanges.

A leur requeste ne feurent aulcunement enclinez les fouaciers, mais (que pis est) les oultragerent grandement, les appellans tropditeulx, breschedens, plaisans rousseaulx, galliers, chienlictz, averlans, limes sourdes, faictneans, friandeaulx, bustarins, talvassiers, riennevaulx, rustres, challans, hapelopins, trainneguainnes, gentilz flocquetz, copieux, landores, malotruz, dendins, baugears, tezez, gaubregeux, gogueluz, claquedans, boyers d'etrons, bergiers de merde, et aultres telz epithetes diffamatoires, adjoustans que poinct à eulx n'apartenoit manger de ces belles fouaces, mais qu'ilz se debvoient contenter de gros pain ballé et de tourte.

Auquel oultraige un d'entr'eulx, nommé Frogier, bien honneste homme de sa personne et notable bacchelier, respondit doulcement :

« Depuis quand avez vous prins cornes qu'estes tant rogues devenuz ? Dea, vous nous en souliez voluntiers bailler, et maintenant y refusez. Ce n'est faict de bons voisins, et ainsi ne vous faisons nous quand venez icy achapter nostre beau frument, duquel vous faictes voz gasteaux et fouaces. Encores par le marché vous eussions nous donné de noz raisins; mais, par la mer Dé, vous en pourriez repentir et aurez quelque jour affaire de nous. Lors nous ferons envers vous à la pareille, et vous en soubvienne. »

Adoncq Marquet, grand bastonnier de la confrairie des fouaciers, luy dist :

« Vrayement, tu es bien acresté à ce matin; tu mangeas her soir trop de mil. Vien çà, vien çà, je te donnerai de ma fouace! »

Lors Forgier en toute simplesse approcha, tirant un unzain de son baudrier, pensant que Marquet luy deust deposcher de ses fouaces; mais il luy bailla de son fouet à travers les jambes si rudement que les noudz y apparoissoient. Puis voulut gaigner à la fuyte; mais Forgier s'escria au meurtre et à la force tant qu'il peut, ensemble luy getta un gros tribard qu'il portoit soubz son escelle, et le attainct par la joincture coronale de la teste, sus l'artere crotaphique, du cousté dextre, en telle sorte que Marquet tomba de sa jument; mieulx sembloit homme mort que vif.

Ce pendent les mestaiers, qui là auprès challoient les noiz, accoururent avec leurs grandes gaules et frapperent sus ces fouaciers comme sus seigle verd. Les aultres bergiers et bergieres, ouyans le cry de Forgier, y vindrent avec leurs fondes et brassiers, et les suyvirent à grands coups de pierres tant menuz qu'il sembloit que ce feust gresle. Finablement les aconceurent et ousterent de leurs fouaces environ quatre ou cinq douzeines; toutesfoys ilz les payerent au pris acoustumé et leurs donnerent un cens de quecas et troys panerées de francs aubiers. Puis les fouaciers ayderent à monter Marquet, qui estoit villainement blessé, et retournerent à Lerné sans poursuivre le chemin de Pareillé, menassans fort et ferme les boviers, bergiers et mestaiers de Seuillé et de Synays.

Ce faict, et bergiers et bergieres feirent chere lye avecques ces fouaces et beaulx raisins, et se rigollerent ensemble au son de la belle bouzine, se mocquans de ces beaulx fouaciers glorieux, qui avoient trouvé male encontre par faulte de s'estre seignez de la bonne main au matin, et avec gros raisins chenins estuverent les jambes de Forgier mignonnement, si bien qu'il feut tantost guery.

Comment les habitans de Lerné,
par le commandement de Picrochole,
leur roi, assaillirent au despourveu les bergiers
de Gargantua.

CHAPITRE XXVI

Les fouaciers retournez à Lerné, soubdain, davant boyre ny manger, se transporterent au Capitoly, et là, davant leur roy nommé Picrochole, tiers de ce nom, proposerent leur complainte, monstrans leurs paniers rompuz, leurs bonnetz foupiz, leurs robbes dessirées, leurs fouaces destroussées, et singulierement Marquet blessé enormement, disans le tout avoir esté faict par les bergiers et mestaiers de Grandgousier, pres le grand carroy par delà Seuillé.

Lequel incontinent entra en courroux furieux, et sans plus oultre se interroguer quoy ne comment, feist crier par son pays ban et arriere ban, et que un chascun, sur peine de la hart, convint en armes en la grand place devant le Chasteau, à heure de midy.

Pour mieulx confermer son entreprise, envoya sonner le tabourin, à l'entour de la ville. Luy mesmes, ce pendent qu'on aprestoit son disner, alla faire affuster son artillerie, desployer son enseigne et oriflant, et charger force munitions, tant de harnoys d'armes que de gueulles.

En disnant bailla les comissions, et feut par son edict constitué le seigneur Trepelu sus l'avant guarde, en laquelle furent contez seize mille quatorze hacquebutiers, trente cinq mille et unze avanturiers.

A l'artillerie fut commis le Grand Escuyer Toucquedillon, en laquelle feurent contées neuf cens quatorze grosses pieces de bronze, en canons, doubles canons, baselicz, serpentines, couleuvrines, bombardes, faulcons, passevolans, spiroles et aultres pieces. L'arriere guarde feut baillée au duc Racquedenare; en la bataille se tint le roy et les princes de son royaulme.

Ainsi sommairement acoustrez, davant que se mettre en voye envoyerent troys cens chevaulx legiers, soubz la conduicte du capitaine Engoulevent, pour descouvrir le pays et sçavoir si embuche aulcune estoyt par la contrée; mais, apres avoir diligemment recherché, trouverent tout le pays à l'environ en paix et silence, sans assemblée quelconque.

Ce que entendent, Picrochole commenda q'un chascun marchast soubz son enseigne hastivement.

Adoncques sans ordre et mesure prindrent les champs les uns parmy les aultres, gastans et dissipans tout par où ilz passoient, sans espargner ny pauvre, ny riche, ny lieu sacré, ny prophane; emmenoient beufz, vaches, thoreaux, veaulx, genisses, brebis, moutons, chevres et boucqs, poulles, chappons, poulletz, oysons, jards, oyes, porcs, truyes, guoretz; abastans les noix, vendeangeans les vignes, emportans les seps, croullans tous les fruictz des arbres. C'estoit un desordre incomparable de ce qu'ilz faisoient, et ne trouverent personne qui leurs resistast; mais un chascun se mettoit à leur mercy, les suppliant estre traictez plus humainement, en consideration de ce qu'ilz avoient de tous temps esté bons et amiables voisins, et que jamais envers eulx ne commirent excès ne oultraige pour ainsi soubdainement estre par iceulx mal vexez, et que Dieu les en puniroit de brief. Es quelles remonstrances rien plus ne respondoient, sinon qu'ilz leurs vouloient aprendre à manger de la fouace.

Comment un moine de Seuillé saulva le cloz de l'abbaye du sac des ennemys.

CHAPITRE XXVII

Tant feirent et tracasserent, pillant et larronnant, qu'ilz arriverent à Seuillé, et detrousserent hommes et femmes, et prindrent ce qu'ilz peurent : rien ne leurs feut ne trop chault ne trop pesant. Combien que la peste y feust par la plus grande part des maisons, ilz entroient partout, ravissoient tout ce qu'estoit dedans, et jamais nul n'en print dangier, qui est cas assez merveilleux : car les curez, vicaires, prescheurs, medicins, chirurgiens et apothecaires qui alloient visiter, penser, guerir, prescher et admonester les malades, estoient tous mors de l'infection, et ces diables pilleurs et meurtriers oncques n'y prindrent mal. Dont vient cela, Messieurs ? Pensez y, je vous pry.

Le bourg ainsi pillé, se transporterent en l'abbaye avecques horrible tumulte, mais la trouverent bien reserrée et fermée, dont l'armée principale marcha oultre vers le gué de Vede, exceptez sept enseignes de gens de pied et deux cens lances qui là resterent et rompirent les murailles du cloz affin de guaster toute la vendange.

Les pauvres diables de moines ne sçavoient auquel de leurs saincts se vouer. A toutes adventures feirent sonner *ad capitulum capitulantes*. Là feut decreté qu'ilz feroient une belle procession, renforcée de beaulx preschans, et letanies *contra hostium insidias*, et beaulx responds *pro pace*.

En l'abbaye estoit pour lors un moine claustrier, nommé Frere Jean des Entommeures, jeune, guallant, frisque, de hayt, bien à dextre, hardy, adventureux, deliberé, hault, maigre, bien fendu de gueule, bien advantagé en nez, beau despescheur d'heures, beau desbrideur de messes, beau descroteur de vigiles, pour tout dire sommairement vray moyne si oncques en feut depuys que le monde moynant moyna de moynerie, au reste clerc jusques ès dents en matiere de breviaire.

Icelluy, entendent le bruyt que faisoyent les ennemys par le cloz de leur vine, sortit hors pour veoir ce qu'ilz faisoient, et, advisant qu'ilz vendangeoient leur cloz auquel estoyt leur boyte de tout l'an fondée, retourne au cueur de l'eglise, où estoient les aultres moynes tous estonnez comme fondeurs de cloches, lesquelz voyant chanter *Ini nim, pe, ne, ne, ne, ne, ne, ne, tum, ne, num, num, ini, i, mi, i, mi, co, o, ne, no, o, o, ne, no, ne, no, no, no, rum, ne, num, num :* « C'est, dist il, bien chien chanté! Vertus Dieu, que ne chantez vous :

Adieu, paniers, vendanges sont faictes ?

« Je me donne au diable s'ilz ne sont en nostre cloz et tant bien couppent et seps et raisins qu'il n'y aura, par le corps Dieu! de quatre années que halleboter dedans. Ventre sainct Jacques! que boyrons nous ce pendent, nous aultres pauvres diables ? Seigneur Dieu, *da mihi potum!* »

Lors dist le prieur claustral :

« Que fera cest hyvrogne icy ? Qu'on me le mene en prison. Troubler ainsi le service divin!

— Mais (dist le moyne) le service du vin, faisons tant qu'il ne soit troublé; car vous mesmes, Monsieur le Prieur, aymez boyre du meilleur. Sy faict tout homme de bien; jamais homme noble ne hayst le bon vin : c'est un apophthegme monachal. Mais ces responds que chantez ycy ne sont, par Dieu! poinct de saison.

« Pourquoy sont noz heures en temps de moissons et vendenges courtes, en l'advent et tout hyver longues ? Feu de bonne memoire Frere Macé Pelosse, vray zelateur (ou je me donne au diable) de nostre religion, me dist, il m'en soubvient, que la raison estoyt affin qu'en ceste saison nous facions bien serrer et faire le vin, et qu'en hyver nous le humons.

« Escoutez, Messieurs, vous aultres qui aymez le vin : le corps Dieu, sy me suyvez ! Car, hardiment, que sainct Antoine me arde sy ceulx tastent du pyot qui n'auront secouru la vigne ! Ventre Dieu, les biens de l'Eglise ! Ha, non, non ! Diable ! sainct Thomas l'Angloys voulut bien pour yceulx mourir : si je y mouroys, ne seroys je sainct de mesmes ? Je n'y mourray jà pourtant, car c'est moy qui le foys es aultres. »

Ce disant, mist bas son grand habit et se saisist du baston de la croix, qui estoyt de cueur de cormier long comme une lance, rond à plain poing et quelque peu semé de fleurs de lys, toutes presque effacées. Ainsi sortit en beau sayon, mist son froc en escharpe et de son baston de la croix donna sy brusquement sus les ennemys, qui, sans ordre, ne enseigne, ne trompette, ne tabourin, parmy le cloz vendangeoient, — car les porteguydons et port'enseignes avoient mys leurs guidons et enseignes l'orée des murs, les tabourineurs avoient defoncé leurs tabourins d'un cousté pour les emplir de raisins, les trompettes estoient chargez de moussines, chascun estoyt desrayé, — il chocqua doncques si roydement sus eulx, sans dyre guare, qu'il les renversoyt comme porcs, frapant à tors et à travers à vieille escrime.

Es uns escarbouilloyt la cervelle, es aultres rompoyt bras et jambes, es aultres deslochoyt les spondyles du coul, es aultres demoulloyt les reins, avalloyt le nez, poschoyt les yeulx, fendoyt les mandibules, enfonçoyt les dens en la gueule, descroulloyt les omoplates, sphaceloyt les greves, desgondoit les ischies, debezilloit les fauciles.

Si quelq'un se vouloyt cascher entre les sepes plus espès, à icelluy freussoit toute l'areste du douz et l'esrenoit comme un chien.

Si aulcun saulver se vouloyt en fuyant, à icelluy faisoyt voler la teste en pieces par la commissure lambdoïde.

Si quelq'un gravoyt en une arbre, pensant y estre en

seureté, icelluy de son baston empaloyt par le fondement.

Si quelqu'un de sa vieille congnoissance luy crioyt : « Ha, Frere Jean, mon amy, Frere Jean, je me rend!

— Il t'est (disoyt il) bien force; mais ensemble tu rendras l'ame à tous les diables. »

Et soubdain luy donnoit dronos. Et, si personne tant feust esprins de temerité qu'il luy voulust resister en face, là monstroyt il la force de ses muscles, car il leurs transperçoyt la poictrine par le mediastine et par le cueur. A d'aultres donnant suz la faulte des coustes, leurs subvertissoyt l'estomach, et mouroient soubdainement. Es aultres tant fierement frappoyt par le nombril qu'il leurs faisoyt sortir les tripes. Es aultres parmy les couillons persoyt le boiau cullier. Croiez que c'estoyt le plus horrible spectacle qu'on veit oncques.

Les uns cryoient : Saincte Barbe!

les aultres : Sainct George!

les aultres : Saincte Nytouche!

les aultres : Nostre Dame de Cunault! de Laurette! de Bonnes-Nouvelles! de la Lenou! de Riviere!

les ungs se vouoyent à sainct Jacques;

les aultres au sainct suaire de Chambery, mais il brusla troys moys apres, si bien qu'on n'en peut saulver un seul brin;

les aultres à Cadouyn;

les aultres à sainct Jean d'Angery;

les aultres à sainct Eutrope de Xainctes, à sainct Mesmes de Chinon, à sainct Martin de Candes, à sainct Clouaud de Sinays, es reliques de Javrezay et mille aultres bons petits sainctz.

Les ungs mouroient sans parler, les aultres parloient sans mourir. Les ungs mouroient en parlant, les aultres parlant en mourant.

Les aultres crioient à haulte voix : « Confession! Confession! *Confiteor! Miserere! In manus!* »

Tant fut grand le cris des navrez que le prieur de l'abbaye avec tous ses moines sortirent, lesquelz, quand apperceurent ces pauvres gens ainsi ruez parmy la vigne et blessez à mort, en confesserent quelques ungs. Mais, ce pendent que les prebstres se amusoient à confesser, les petits moinetons coururent au lieu où estoit Frere Jean et luy demanderent en quoy il vouloit qu'ilz luy aydassent. A quoy respondit qu'ilz esguorgetassent ceulx qui estoient portez par terre. Adoncques, laissans leurs grandes cappes sus une treille au plus pres, commencerent esgourgeter et achever ceulx qu'il avoit desjà meurtriz. Sçavez vous de quels ferremens ? A beaulx gouvetz, qui sont petitz demy cousteaux dont les petitz enfans de nostre pays cernent les noix.

Puis à tout son baston de croix guaingna la breche qu'avoient faict les ennemys. Aulcuns des moinetons emporterent les enseignes et guydons en leurs chambres pour en faire des jartiers. Mais, quand ceulx qui s'estoient confessez vouleurent sortir par icelle bresche, le moyne les assommoit de coups, disant :

« Ceulx cy sont confès et repentans, et ont guaigné les pardons; ilz s'en vont au paradis, aussy droict comme une faucille et comme est le chemin de Faye. »

Ainsi, par sa prouesse, feurent desconfiz tous ceulx de l'armée qui estoient entrez dedans le clous, jusques au nombre de treze mille six cens vingt et deux, sans les femmes et petitz enfans, cela s'entend tousjours.

Jamais Maugis, hermite, ne se porta sy vaillamment à tout son bourdon contre les Sarrasins, desquelz est escript es gestes des quatre filz Haymon, comme feist le moine à l'encontre des ennemys avec le baston de la croix.

Comment Picrochole print d'assault La Roche Clermauld et le regret et difficulté que feist Grandgousier de entreprendre guerre.

CHAPITRE XXVIII

Cependent que le moine s'escarmouchoit comme avons dict contre ceulx qui estoient entrez le clous, Picrochole à grande hastiveté passa le gué de Vede avec ses gens, et assaillit La Roche Clermauld auquel lieu ne luy feut faicte resistance quelconques, et, par ce qu'il estoit jà nuict, delibera en icelle ville se heberger soy et ses gens, et refraischir de sa cholere pungitive.

Au matin, print d'assault les boullevars et chasteau, et le rempara tres bien, et le proveut de munitions requises, pensant là faire sa retraicte si d'ailleurs estoit assailly, car le lieu estoit fort et par art et par nature à cause de la situation et assiete.

Or laissons les là et retournons à nostre bon Gargantua, qui est à Paris, bien instant à l'estude de bonnes lettres et exercitations athletiques, et le vieux bon homme Grandgousier, son pere, qui apres souper se chauffe les couiles à un beau, clair et grand feu, et, attendent graisler des chastaines, escript au foyer avec un baston bruslé d'un bout dont on escharbotte le feu, faisant à sa femme et famille de beaulx contes du temps jadis.

Un des bergiers qui guardoient les vignes, nommé Pillot, se transporta devers luy en icelle heure et raconta entierement les excès et pillaiges que faisoit Picrochole, roy de Lerné, en ses terres et dommaines, et comment il avoit pillé, gasté, saccagé tout le pays, excepté le clous de Seuillé que Frere Jean des Entommeures avoit saulvé à son honneur, et de present estoit ledict roy en La Roche Clermaud, et là en grande instance se remparoit, luy et ses gens.

« Holos! holos! dist Grandgousier, qu'est cecy, bonnes gens ? Songé je, ou si vray est ce qu'on me dict ? Picrochole, mon amy ancien de tout temps, de toute race et alliance, me vient il assaillir ? Qui le meut ? Qui le poinct ? Qui le conduict ? Qui l'a ainsi conseillé ? Ho! ho! ho! ho! ho! mon Dieu, mon Saulveur, ayde moy, inspire moy, conseille moy à ce qu'est de faire! Je proteste, je jure davant toy, — ainsi me soys tu favorable! — sy jamais à luy desplaisir, ne à ses gens dommaige, ne en ses terres je feis pillerie; mais, bien au contraire, je l'ay secouru de gens, d'argent, de faveur et de conseil, en tous cas que ay peu congnoistre son adventaige. Qu'il me ayt doncques en ce poinct oultraigé, ce ne peut estre que par l'esprit maling. Bon Dieu, tu congnois mon couraige, car à toy rien ne peut estre celé; si par cas il estoit devenu furieux et que, pour luy rehabilliter son cerveau, tu me l'eusse icy envoyé, donne moy et pouvoir et sçavoir le rendre au joug de ton sainct vouloir par bonne discipline.

« Ho! ho! ho! mes bonnes gens, mes amys et mes feaulx serviteurs, fauldra il que je vous empesche à me y ayder ? Las! ma vieillesse ne requerroit dorenavant que repous, et toute ma vie n'ay rien tant procuré que paix; mais il fault, je le voy bien, que maintenant de harnoys je charge mes pauvres espaules lasses et foibles, et en ma main tremblante je preigne la lance et la masse pour secourir et guarantir mes pauvres subjectz. La raison le veult ainsi, car de leur labeur je suis entretenu et de leur sueur je suis nourry, moy, mes enfans et ma famille.

« Ce non obstant, je n'entreprendray guerre que je n'aye essayé tous les ars et moyens de paix; là je me resouls. »

Adoncques feist convocquer son conseil et propousa l'affaire tel comme il estoit, et fut conclud qu'on envoiroit quelque homme prudent devers Picrochole sçavoir pourquoy ainsi soubdainement estoit party de son repous et envahy les terres es quelles n'avoit droict quicquonques, davantaige qu'on envoyast querir Gargantua et ses gens, affin de maintenir le pays et defendre à ce besoing. Le tout pleut à Grandgousier, et commenda que ainsi feust faict.

Dont sus l'heure envoya le Basque, son laquays, querir à toute diligence Gargantua, et luy escripvoit comme s'ensuit.

Le teneur des lettres que Grandgousier escripvoit à Gargantua.

CHAPITRE XXIX

La ferveur de tes estudes requeroit que de long temps ne te revocasse de cestuy philosophicque repous, sy la confiance de noz amys et anciens confederez n'eust de present frustré la seureté de ma vieillesse. Mais, puis que telle est ceste fatale destinée que par iceulx soye inquieté es quelz plus je me repousoye, force me est te rappeller au subside des gens et biens qui te sont par droict naturel affiez.

Car, ainsi comme debiles sont les armes au dehors si le conseil n'est en la maison, aussi vaine est l'estude et le conseil inutile qui en temps oportun par vertus n'est executé et à son effect reduict.

Ma deliberation n'est de provocquer, ains de apaiser; d'assaillir, mais defendre; de conquester, mais de guarder mes feaulx subjectz et terres hereditaires, es quelles est hostillement entré Picrochole sans cause ny occasion, et de jour en jour poursuit sa furieuse entreprinse avecques excès non tolerables à personnes liberes.

Je me suis en devoir mis pour moderer sa cholere tyrannicque, luy offrent tout ce que je pensois luy povoir estre en contentement, et par plusieurs foys ay envoyé amiablement devers luy pour entendre en quoy, par qui et comment il se sentoit oultragé; mais de luy n'ay eu responce que de voluntaire deffiance et que en mes terres pretendoit seulement droict de bienseance. Dont j'ay congneu que Dieu eternel l'a laissé au gouvernail de son franc arbitre et propre sens, qui ne peult estre que meschant sy par grâce divine n'est continuellement guidé, et, pour le contenir en office et reduire à congnoissance, me l'a icy envoyé à molestes enseignes.

Pourtant, mon filz bien aymé, le plus tost que faire pouras, ces lettres veues, retourne à diligence secourir, non tant moy (ce que toutesfoys par pitié naturellement tu doibs) que les tiens, lesquelz par raison tu peuz saulver et guarder. L'exploict sera faict à moindre effusion de sang que sera possible, et, si possible est, par engins plus expediens, cauteles et ruzes de guerre, nous saulverons toutes les ames et les envoyerons joyeux à leurs domiciles.

Tres chier filz, la paix de Christ, nostre redempteur, soyt avecques toy.

Salue Ponocrates, Gymnaste et Eudemon de par moy.

Du vingtiesme de Septembre.

Ton pere, GRANDGOUSIER.

Comment Ulrich Gallet fut envoyé devers Picrochole.

CHAPITRE XXX

Les lettres dictées et signées, Grandgousier ordonna que Ulrich Gallet, maistre de ses requestes, homme saige et discret, duquel en divers et contencieux affaires il avoit esprouvé la vertus et bon advis, allast devers Picrochole pour luy remonstrer ce que par eux avoit esté decreté.

En celle heure partit le bon homme Gallet, et, passé le gué, demanda au meusnier de l'estat de Picrochole, lequel luy feist responce que ses gens ne luy avoient laissé ny coq ny geline, et qu'ilz s'estoient enserrez en La Roche Clermauld, et qu'il ne luy conseilloit poinct de proceder oultre, de peur du guet, car leur fureur estoit enorme. Ce que facilement il creut, et pour celle nuict herbergea avecques le meusnier.

Au lendemain matin se transporta avecques la trompette à la porte du chasteau, et requist es guardes qu'ilz le feissent parler au roy pour son profit.

Les parolles annoncées au roy, ne consentit aulcunement qu'on luy ouvrist la porte, mais se transporta sus le bolevard, et dist à l'embassadeur : « Qu'i a il de nouveau ? Que voulez vous dire ? »

Adoncques l'embassadeur propousa comme s'ensuit :

La harangue faicte par Gallet à Picrochole.

CHAPITRE XXXI

« Plus juste cause de douleur naistre ne peut entre les humains que si, du lieu dont par droicture esperoient grace et benevolence, ilz recepvent ennuy et dommaige. Et non sans cause (combien que sans raison) plusieurs, venuz en tel accident, ont ceste indignité moins estimé tolerable que leur vie propre, et, en cas que par force ny aultre engin ne l'ont peu corriger, se sont eulx mesmes privez de ceste lumiere.

« Doncques merveille n'est si le roy Grandgousier, mon maistre, est à ta furieuse et hostile venue saisy de grand desplaisir et perturbé en son entendement. Merveille seroit si ne l'avoient esmeu les excès incomparables qui en ses terres et subjectz ont esté par toy et tes gens commis, es quelz n'a esté obmis exemple aulcun d'inhumanité, ce que luy est tant grief de soy, par la cordiale affection de laquelle tousjours a chery ses subjectz, que à mortel homme plus estre ne sçauroit. Toutesfoys sus l'estimation humaine plus grief luy est en tant que par toy et les tiens ont esté ces griefz et tords faictz, qui de toute memoire et ancienneté aviez, toy et tes peres, une amitié avecques luy et tous ses encestres conceu, laquelle jusques à present comme sacrée ensemble aviez inviolablement maintenue, guardée et entretenue, si bien que non luy seulement ny les siens, mais les nations barbares, Poictevins, Bretons, Manseaux et ceulx qui habitent oultre les isles de Canarre et Isabella, ont estimé aussi facile demollir le firmament et les abysmes eriger au dessus des nues que desemparer vostre alliance, et tant l'ont redoubtée en leurs entreprinses que n'ont jamais auzé provoquer, irriter ny endommaiger l'ung, par craincte de l'aultre.

« Plus y a. Ceste sacrée amitié tant a emply ce ciel que peu de gens sont aujourd'huy habitans par tout le continent et isles de l'ocean, qui ne ayent ambitieusement aspiré estre receuz en icelle à pactes par vous mesmes conditionnez, autant estimans vostre confederation que leurs propres terres et dommaines; en sorte que de toute memoire n'a esté prince ny ligue tant efferée ou superbe qui ait auzé courir sus, je ne dis poinct voz terres, mais celles de voz confederez; et, si par conseil precipité ont encontre eulx attempté quelque cas de nouvelleté, le nom et tiltre de vostre alliance entendu, ont soubdain desisté de leurs entreprinses.

« Quelle furie doncques te esmeut maintenant, toute alliance brisée, toute amitié conculquée, tout droict trespassé, envahir hostilement ses terres, sans en rien avoir esté par luy ny les siens endommaigé, irrité ny provocqué ? Où est foy ? Où est loy ? Où est raison ? Où est humanité ? Où est craincte de Dieu ? Cuyde tu ces oultraiges estre recellés es esperitz eternelz et au Dieu souverain qui est juste retributeur de noz entreprinses ? Si le cuyde, tu te trompe car toutes choses viendront à son jugement. Sont ce fatales destinées ou influences des astres qui voulent mettre fin à tes ayzes et repous ? Ainsi ont toutes choses leur fin et periode, et, quand elles sont venues à leur poinct suppellatif, elles sont en bas ruinées, car elles ne peuvent long temps en tel estat demourer. C'est la fin de ceulx qui leurs fortunes et prosperitez ne peuvent par rayson et temperance moderer.

« Mais, si ainsi estoit phée et deust ores ton heur et repos prendre fin, falloit il que ce feust en incommodant à mon roy, celluy par lequel tu estois estably ? Si ta maison debvoit ruiner, failloit il qu'en sa ruine elle tombast suz les atres de celluy qui l'avoit aornée ? La chose est tant hors les metes de raison, tant abhorrente de sens commun, que à peine peut elle estre par humain entendement conceue, et jusques à ce demourera non croiable entre les estrangiers que l'effect asseuré et tesmoigné leur donne à entendre que rien n'est ny sainct, ny sacré à ceulx qui se sont emancipez de Dieu et Raison pour suyvre leurs affections perverses.

« Si quelque tort eust esté par nous faict en tes subjectz et dommaines, si par nous eust esté porté faveur à tes mal vouluz, si en tes affaires ne te eussions secouru, si par nous ton nom et honneur eust esté blessé, ou, pour mieulx dire, si l'esperit calumniateur, tentant à mal te tirer, eust par fallaces especes et phantasmes ludificatoyres mis en ton entendement que envers toy eussions faict choses non dignes de nostre ancienne amitié, tu debvois premier enquerir de la verité, puis nous en admonester, et nous eussions tant à ton gré satisfaict que eusse eu occasion de toy contenter. Mais (ô Dieu eternel!) quelle est ton entreprinse ? Vouldroys tu, comme tyrant perfide, pillier ainsi et dissiper le royaulme de mon maistre ? Le as tu esprouvé tant ignave et stupide qu'il ne voulust, ou tant destitué de gens, d'argent, de conseil et d'art militaire qu'il ne peust resister à tes iniques assaulx ?

« Depars d'icy presentement, et demain pour tout le jour soye retiré en tes terres, sans par le chemin faire aulcun tumulte ne force; et paye mille bezans d'or pour les dommaiges que as faict en ces terres. La moytié bailleras demain, l'aultre moytié payeras es ides de May prochainement venant, nous delaissant ce pendent pour houltaige les ducs de Tournemoule, de Basdefesses et de Menuail, ensemble le prince de Gratelles et le viconte de Morpiaille. »

Comment Grandgousier, pour achapter paix,
feist rendre les fouaces.

CHAPITRE XXXII

A tant se teut le bon homme Gallet; mais Picrochole à tous ses propos ne respond aultre chose sinon : « Venez les querir, venez les querir. Ilz ont belle couille et molle. Ilz vous brayeront de la fouace. »

Adoncques retourne vers Grandgousier, lequel trouva à genous, teste nue,incliné en un petit coing de son cabinet, priant Dieu qu'il vouzist amollir la cholere de Picrochole et le mettre au poinct de raison, sans y proceder par force. Quand veit le bon homme de retour, il luy demanda :

« Ha! mon amy, mon amy, quelles nouvelles m'apportez vous?

— Il n'y a (dist Gallet) ordre; cest homme est du tout hors du sens et delaissé de Dieu.

— Voyre mais (dist Grandgousier), mon amy, quelle cause pretend il de cest excès?

— Il ne me a (dist Gallet) cause queconques exposé, sinon qu'il m'a dict en cholere quelques motz de fouaces. Je ne sçay si l'on auroit poinct faict oultrage à ses fouaciers.

— Je le veulx (dist Grandgousier) bien entendre davant qu'aultre chose deliberer sur ce que seroit de faire. »

Alors manda sçavoir de cest affaire, et trouva pour vray qu'on avoit prins par force quelques fouaces de ses gens et que Marquet avoit repceu un coup de tribard sus la teste; toutesfoys que le tout avoit esté bien payé et que le dict Marquet avoit premier blessé

Forgier de son fouet par les jambes. Et sembla à tout son conseil que en toute force il se doibvoit defendre. Ce non ostant dist Grandgousier :

« Puis qu'il n'est question que de quelques fouaces, je essayeray le contenter, car il me desplaist par trop de lever guerre. »

Adoncques s'enquesta combien on avoit prins de fouaces, et, entendent quatre ou cinq douzaines, commenda qu'on en feist cinq charretées en icelle nuict, et que l'une feust de fouaces faictes à beau beurre, beau moyeux d'eufz, beau saffran et belles espices pour estre distribuées à Marquet, et que pour ses interestz il luy donnoit sept cens mille et troys philippus pour payer les barbiers qui l'auroient pensé, et d'abondant luy donnoit la mestayrie de la Pomardiere à perpetuité, franche pour luy et les siens. Pour le tout conduyre et passer fut envoyé Gallet, lequel par le chemin feist cuillir pres de la Sauloye force grands rameaux de cannes et rouzeaux, et en feist armer autour leurs charrettes, et chascun des chartiers; luy mesmes en tint un en sa main, par ce voulant donner à congnoistre qu'ilz ne demandoient que paix et qu'ilz venoient pour l'achapter.

Eulx venuz à la porte, requirent parler à Picrochole de par Grandgousier. Picrochole ne voulut oncques les laisser entrer, ny aller à eulx parler, et leurs manda qu'il estoit empesché, mais qu'ilz dissent ce qu'ilz vouldroient au capitaine Toucquedillon, lequel affustoit quelque piece sus les murailles. Adonc luy dict le bon homme :

« Seigneur, pour vous retirer de tout ce debat et ouster toute excuse que ne retournez en nostre premiere alliance, nous vous rendons presentement les fouaces dont est la controverse. Cinq douzaines en prindrent noz gens; elles furent tres bien payées; nous aymons tant la paix que nous en rendons cinq charrettes, desquelles ceste icy sera pour Marquet, qui plus se plainct. Dadvantaige, pour le contenter entierement, voylà sept cens mille et troys philippus que je luy livre, et, pour l'interest qu'il pourroit pretendre, je luy cede la mestayrie de la Pomardiere à perpetuité, pour luy et les siens, possedable en franc alloy; voyez cy le contract de la transaction. Et, pour Dieu, vivons dorenavant en paix, et vous retirez en vos terres joyeusement, cedans ceste place icy, en laquelle n'avez droict quelconques, comme bien le confessez, et amis comme par avant. »

Toucquedillon raconta le tout à Picrochole, et de plus en plus envenima son couraige, luy disant :

« Ces rustres ont belle paour. Par Dieu, Grandgousier se conchie, le pouvre beuveur! Ce n'est son art aller en guerre, mais ouy bien vuider les flascons. Je suis d'opinion que retenons ces fouaces et l'argent, et au reste nous hastons de remparer icy et poursuivre nostre fortune. Mais pensent ilz bien avoir affaire à une duppe, de vous paistre de ces fouaces? Voylà que c'est : le bon traictement et la grande familiarité que leurs avez par cy davant tenue vous ont rendu envers eulx comtemptible : oignez villain, il vous poindra; poignez villain, il vous oindra.

— Çà, çà, çà, dist Picrochole, sainct Jacques, ilz en auront! Faictes ainsi qu'avez dict.

— D'une chose, dist Toucquedillon, vous veux je advertir. Nous sommes icy assez mal avituaillez et pourveuz maigrement des harnoys de gueule. Si Grandgousier nous mettoit siege, des à présent m'en irois faire arracher les dents toutes, seulement que troys me restassent, autant, à voz gens comme à moy : avec icelles nous n'avangerons que trop à manger noz munitions.

— Nous, dist Picrochole, n'aurons que trop mangeailles. Sommes nous icy pour manger ou pour batailler?

— Pour batailler, vrayement, dist Toucquedillon; mais de la pance vient la dance, et où faim regne, force exule.

— Tant jazer! dist Picrochole. Saisissez ce qu'ilz ont amené. »

Adoncques prindrent argent et fouaces et beufz et charrettes, et les renvoyerent sans mot dire, sinon que plus n'aprochassent de si pres pour la cause qu'on leur diroit demain. Ainsi sans rien faire retournerent devers Grandgousier, et luy conterent le tout, adjoustans qu'il n'estoit aulcun espoir de les tirer à paix, sinon à vive et forte guerre.

Comment certains gouverneurs de Picrochole, par conseil precipité, le mirent au dernier peril.

CHAPITRE XXXIII

Les fouaces destroussées, comparurent davant Picrochole les duc de Menuail, comte Spadassin et capitaine Merdaille, et luy dirent :

« Cyre, aujourd'huy nous vous rendons le plus heureux, plus chevaleureux prince qui oncques feust depuis la mort de Alexandre Macedo.

— Couvrez, couvrez vous, dist Picrochole.

— Grand mercy (dirent ilz), Cyre, nous sommes à nostre debvoir. Le moyen est tel :

« Vous laisserez icy quelque capitaine en garnison avec petite bande de gens pour garder la place, laquelle nous semble assez forte, tant par nature que par les rampars faictz à vostre invention. Vostre armée partirez en deux, comme trop mieulx l'entendez. L'une partie ira ruer sur ce Grandgousier et ses gens. Par icelle sera de prime abordée facilement desconfit. Là recouvrerez argent à tas, car le vilain en a du content; vilain, disons nous, parce que un noble prince n'a jamais un sou. Thesaurizer est faict de vilain. — L'aultre partie, cependent, tirera vers Onys, Sanctonge, Angomoys et Gascoigne, ensemble Perigot, Medoc et Elanes. Sans resistence prendront villes, chasteaux et forteresses. A Bayonne, à Sainct Jean de Luc et Fontarabie sayzirez toutes les naufz, et, coustoyant vers Galice et Portugal, pillerez tous les lieux maritimes jusques à Ulisbonne, où aurez renfort de tout equipage requis à un conquerent. Par le corbieu, Hespaigne se rendra, car ce ne sont que madourrez! Vous passerez par l'estroict de Sibyle, et là erigerez deux colonnes, plus magnificques que celles de Hercules, à perpetuelle memoire de vostre nom, et sera nommé cestuy destroict la mer Picrocholine. Passée la mer Picrocholine, voicy Barberousse qui se rend vostre esclave...

— Je (dist Picrochole) le prendray à mercy.

— Voyre (dirent ilz), pourveu qu'il se face baptiser. Et oppugnerez les royaulmes de Tunic, de Hippes, Argiere, Bone, Corone, hardiment toute Barbarie. Passant oultre, retiendrez en vostre main Majorque, Minorque, Sardaine, Corsicque et aultres isles de la mer Ligusticque et Baleare. Coustoyant à gausche, dominerez toute la Gaule Narbonicque, Provence et Allobroges, Genes, Florence, Lucques, et à Dieu seas Rome! Le pauvre Monsieur du Pape meurt desjà de peur.

— Par ma foy (dist Picrochole), je ne lui baiseray jà sa pantoufle.

— Prinze Italie, voylà Naples, Calabre, Appoulle et Sicile toutes à sac, et Malthe avec. Je vouldrois bien que les plaisans chevaliers, jadis Rhodiens, vous resistassent, pour veoir de leur urine!

— Je iroys (dict Picrochole) voluntiers à Laurette.

— Rien, rien (dirent ilz); ce sera au retour. De là prendrons Candie, Cypre, Rhodes et les isles Cyclades, et donnerons sus la Morée. Nous la tenons. Sainct Treignan, Dieu gard Hierusalem, car le soubdan n'est pas comparable à vostre puissance!

— Je (dist il) feray doncques bastir le Temple de Salomon.

— Non (dirent ilz) encores, attendez un peu. Ne soyez jamais tant soubdain à vos entreprinses. Sçavez vous que disoit Octavian Auguste? *Festina lente.* Il vous convient premierement avoir l'Asie Minor, Carie, Lycie, Pamphile, Celicie, Lydie, Phrygie, Mysie, Betune, Charazie, Satalie, Samagarie, Castamena, Luga, Savasta, jusques à Euphrates.

— Voyrons nous (dist Picrochole) Babylone et le Mont Sinay?

— Il n'est (dirent ilz) jà besoing pour ceste heure.

N'est ce pas assez tracassé dea avoir transfreté la mer Hircane, chevauché les deux Armenies et les troys Arabies ?

— Par ma foy (dist il) nous sommes affolez. Ha, pauvres gens!

— Quoy ? dirent ilz.

— Que boyrons nous par ces desers ? Car Julian Auguste et tout son oust y moururent de soif, comme l'on dict.

— Nous (dirent ilz) avons jà donné ordre à tout. Par la mer Siriace vous avez neuf mille quatorze grands naufz, chargées des meilleurs vins du monde; elles arriverent à Japhes. Là se sont trouvez vingt et deux cens mille chameaulx et seize cens elephans, lesquelz aurez prins à une chasse environ Sigeilmes, lorsque entrastes en Libye, et d'abondant eustes toute la garavane de la Mecha. Ne vous fournirent ilz de vin à suffisance ?

— Voire! Mais (dist il) nous ne beumes poinct frais.

— Par la vertus (dirent ilz) non pas d'un petit poisson, un preux, un conquerent, un pretendent et aspirant à l'empire univers ne peut tousjours avoir ses aizes. Dieu soit loué que estes venu, vous et voz gens, saufz et entiers jusques au fleuve du Tigre!

— Mais (dist il) que faict ce pendent la part de nostre armée qui desconfit ce villain humeux Grandgousier ?

— Ilz ne chomment pas (dirent ilz); nous les rencontrerons tantost. Ilz vous ont pris Bretaigne, Normandie, Flandres, Haynault, Brabant, Artoys, Hollande, Selande. Ilz ont passé le Rhin par sus le ventre des Suices et Lansquenetz, et part d'entre eulx ont dompté Luxembourg, Lorraine, la Champaigne, Savoye jusques à Lyon, auquel lieu ont trouvé voz garnisons retournans des conquestes navales de la mer Mediterranée, et se sont reassemblez en Boheme, apres avoir mis à sac Soueve, Vuitemberg, Bavieres, Austriche, Moravie et Stirie; puis ont donné fierement ensemble sus Lubek, Norwerge, Swedenrich, Dace, Gotthie, Engroneland, les Estrelins, jusques à la mer

Glaciale. Ce faict, conquesterent les isles Orchades et subjuguerent Escosse, Angleterre et Irlande. De là, navigans par la mer Sabuleuse et par les Sarmates, ont vaincu et dominé Prussie, Polonie, Litwanie, Russie, Valache, la Transsilvane et Hongrie, Bulgarie, Turquie, et sont à Constantinoble.

— Allons nous (dist Picrochole) rendre à eulx le plus toust, car je veulx estre aussi empereur de Thebizonde. Ne tuerons nous pas tous ces chiens turcs et Mahumetistes ?

— Que diable (dirent ilz) ferons nous doncques ? Et donnerez leurs biens et terres à ceulx qui vous auront servy honnestement.

— La raison (dist il) le veult; c'est equité. Je vous donne la Carmaigne, Surie et toute Palestine.

— Ha ! (dirent ilz) Cyre, c'est du bien de vous. Grand mercy ! Dieu vous face bien tousjours prosperer ! »

Là present estoit un vieux gentilhomme, esprouvé en divers hazars et vray routier de guerre, nommé Echephron, lequel, ouyant ces propous, dist :

« J'ay grand peur que toute ceste entreprinse sera semblable à la farce du pot au laict, duquel un cordouannier se faisoit riche par resverie; puis, le pot cassé, n'eut de quoy disner. Que pretendez vous par ces belles conquestes ? Quelle sera la fin de tant de travaulx et traverses ?

— Ce sera (dist Picrochole) que, nous retournez, repouserons à noz aises. »

Dont dist Echephron :

« Et, si par cas jamais n'en retournez, car le voyage est long et pereilleux, n'est ce mieulx que des maintenant nous repousons, sans nous mettre en ces hazars ?

— O (dist Spadassin) par Dieu, voicy un bon resveux ! Mais allons nous cacher au coing de la cheminée, et là passons avec les dames nostre vie et nostre temps à enfiller des perles, ou à filler comme Sardanapalus. Qui ne se adventure, n'a cheval ny mule, ce dist Salomon.

— Qui trop (dist Echephron) se adventure perd cheval et mulle, respondit Malcon.

— Baste! (dist Picrochole) passons oultre. Je ne crains que ces diables de legions de Grandgousier. Ce pendent que nous sommes en Mesopotamie, s'ilz nous donnoient sus la queue, quel remede?

— Tres bon (dist Merdaille). Une belle petite commission, laquelle vous envoirez es Moscovites, vous mettra en camp pour un moment quatre cens cinquante mille combatans d'eslite. O, si vous me y faictes vostre lieutenant, je tueroys un pigne pour un mercier! Je mors, je rue, je frappe, je attrape, je tue, je renye!

— Sus, sus (dict Picrochole), qu'on despesche tout, et qui me ayme si me suyve! »

Comment Gargantua laissa la ville de Paris pour secourir son païs, et comment Gymnaste rencontra les ennemys.

CHAPITRE XXXIV

En ceste mesmes heure, Gargantua, qui estoyt yssu de Paris soubdain les lettres de son pere leues, sus sa grand jument venant, avoit jà passé le pont de la Nonnain, luy, Ponocrates, Gymnaste et Eudemon, lesquelz pour le suivre avoient prins chevaulx de poste. Le reste de son train venoit à justes journées, amenent tous ses livres et instrument philosophique.

Luy arrivé à Parillé, fut adverty par le mestayer de Gouguet comment Picrochole s'estoit remparé à La Roche Clermaud et avoit envoyé le capitaine Tripet avec grosse armée assaillir le boys de Vede et Vaugaudry, et qu'ilz avoient couru la poulle jusques au Pressouer Billard, et que c'estoit chose estrange et difficile à croyre des excès qu'ilz faisoient par le pays. Tant qu'il luy feist paour, et ne sçavoit bien que dire ny que faire. Mais Ponocrates luy conseilla qu'ilz se transportassent vers le seigneur de La Vauguyon, qui de tous temps avoit esté leur amy et confederé, et par luy seroient mieulx advisez de tous affaires, ce qu'ilz feirent incontinent, et le trouverent en bonne deliberation de leur secourir, et feut de opinion que il envoyroit quelq'un de ses gens pour descouvrir le pays et sçavoir en quel estat estoient les ennemys, affin de y proceder par conseil prins scelon la forme de l'heure presente. Gymnaste se offrit d'y aller; mais il feut conclud que pour le meilleur il menast avecques soy quelq'un qui congneust les voyes et destorses et les rivieres de l'entour.

Adoncques partirent luy et Prelinguand, escuyer de

Vauguyon, et sans effroy espierent de tous coustez. Ce pendent Gargantua se refraischit et repeut quelque peu avecques ses gens, et feist donner à sa jument un picotin d'avoyne : c'estoient soisante et quatorze muys troys boisseaux. Gymnaste et son compaignon tant chevaucherent qu'ilz rencontrerent les ennemys tous espars et mal en ordre, pillans et desrobans tout ce qu'ilz povoient; et, de tant loing qu'ilz l'aperceurent, accoururent sus luy à la foulle pour le destrouser. Adonc il leurs cria :

« Messieurs, je suys pauvre diable; je vous requiers qu'ayez de moy mercy. J'ay encores quelque escu : nous le boyrons, car c'est *aurum potabile*, et ce cheval icy sera vendu pour payer ma bien venue; cela faict, retenez moy des vostres, car jamais homme ne sceut mieulx prendre, larder, roustir et aprester, voyre, par Dieu! demembrer et gourmander poulle que moy qui suys icy, et pour mon *proficiat* je boy à tous bons compaignons. »

Lors descouvrit sa ferriere et, sans mettre le nez dedans, beuvoyt assez honnestement. Les marouflès le regardoient, ouvrans la gueule d'un grand pied et tirans les langues comme levriers, en attente de boyre apres; mais Tripet, le capitaine, sus ce poinct accourut veoir que c'estoit. A luy Gymnaste offrit sa bouteille, disant :

« Tenez, capitaine, beuvez en hardiment, j'en ay faict l'essay, c'est vin de La Faye Monjau.

— Quoy, dist Tripet, ce gautier icy se guabele de nous! Qui es tu ?

— Je suis (dist Gymnaste) pauvre diable.

— Ha! (dist Tripet) puisque tu es pauvre diable, c'est raison que passes oultre, car tout pauvre diable passe partout sans peage ny gabelle; mais ce n'est de coustume que pauvres diables soient si bien monstez... Pour tant, Monsieur le diable, descendez que je aye le roussin, et, si bien il ne me porte, vous, Maistre diable, me porterez, car j'ayme fort q'un diable tel m'emporte. »

Comment Gymnaste soupplement tua le capitaine Tripet et aultres gens de Picrochole.

CHAPITRE XXXV

Ces motz entenduz, aulcuns d'entre eulx commencerent avoir frayeur et se seignoient de toutes mains, pensans que ce feust un diable desguisé. Et quelq'un d'eulx, nommé Bon Joan, capitaine des Franc Topins, tyra ses heures de sa braguette et cria assez hault : « *Agios ho Theos*. Si tu es de Dieu, sy parle! Sy tu es de l'Aultre, sy t'en va! » Et pas ne s'en alloit; ce que entendirent plusieurs de la bande, et departoient de la compaignie, le tout notant et considerant Gymnaste.

Pour tant feist semblant descendre de cheval, et, quand feut pendent du cousté du montouer, feist soupplement le tour de l'estriviere, son espée bastarde au cousté, et, par dessoubz passé, se lança en l'air et se tint des deux piedz sus la scelle, le cul tourné vers la teste du cheval. Puis dist : « Mon cas va au rebours. »

Adoncq, en tel poinct qu'il estoit, feist la guambade sus un pied et, tournant à senestre, ne faillit oncq de rencontrer sa propre assiete sans en rien varier. Dont dist Tripet :

« Ha! ne feray pas cestuy là pour ceste heure, et pour cause.

— Bren! (dist Gymnaste) j'ay failly; je voys defaire cestuy sault. »

Lors par grande force et agilité feist en tournant à dextre la gambade comme davant. Ce faict, mist le poulce de la dextre sus l'arçon de la scelle et leva tout le corps en l'air, se soustenant tout le corps sus le muscle et nerf dudict poulce, et ainsi se tourna troys foys. A la quatriesme, se renversant tout le corps sans à rien toucher, se guinda entre les deux aureilles du cheval, soudant tout le corps en l'air sus le poulce de la senestre, et en cest estat feist le tour du moulinet; puis, frappant du plat de la main dextre sus le meillieu de la selle, se donna tel branle qu'il se assist sus la crope, comme font les damoiselles.

Ce faict, tout à l'aise passe la jambe droicte par sus la selle, et se mist en estat de chevaucheur sus la croppe.

« Mais (dist il) mieulx vault que je me mette entre les arsons. »

Adoncq, se appoyant sus les poulces des deux mains à la crope davant soy, se renversa cul sus teste en l'air et se trouva entre les arsons en bon maintien; puis d'un sobresault leva tout le corps en l'air, et ainsi se tint piedz joinctz entre les arsons, et là tournoya plus de cent tours, les bras estenduz en croix, et crioit ce faisant à haulte voix : « J'enrage, diables, j'enrage, j'enrage! Tenez moy, diables, tenez moy, tenez! »

Tandis qu'ainsi voltigeoit, les marroufles en grand esbahissement disoient l'ung à l'aultre : « Par la mer Dé! c'est un lutin ou un diable ainsi deguisé. *Ab hoste maligno, libera nos, Domine.* » Et fuyoient à la route, regardans darriere soy comme un chien qui emporte un plumail.

Lors Gymnaste, voyant son advantaige, descend de cheval, desguaigne son espée et à grands coups chargea sus les plus huppés, et les ruoit à grands monceaulx, blessez, navrez et meurtriz, sans que nul luy resistast, pensans que ce feust un diable affamé, tant par les merveilleux voltigemens qu'il avoit faict que par les propos que luy avoit tenu Tripet en l'appellant *pauvre diable;* sinon que Tripet en trahison luy voulut fendre la cervelle de son espée lansquenette; mais il estoit bien armé et de cestuy coup ne sentit que le chargement, et, soubdain se tournant, lancea un estoc volant audict Tripet, et, ce pendent que icelluy se couvroit en hault, luy tailla d'un coup l'estomac, le colon et la moytié du foye, dont tomba par terre, et, tombant, rendit plus de quatre potées de souppes, et l'ame meslée parmy les souppes.

Ce faict, Gymnaste se retyre, considerant que les cas de hazart jamais ne fault poursuyvre jusques à leur periode et qu'il convient à tous chevaliers reverentement traicter leur bonne fortune, sans la molester ny gehainer, et, monstant sus son cheval, luy donne des esperons, tyrant droict son chemin vers La Vauguyon, et Prelinguand avecques luy.

Comment Gargantua demollit le chasteau du gué de Vede, et comment ilz passerent le gué.

CHAPITRE XXXVI

Venu que fut, raconta l'estat onquel avoit trouvé les ennemys et du stratageme qu'il avoit faict, luy seul contre toute leur caterve, afferment que ilz n'estoient que maraulx, pilleurs et brigans, ignorans de toute discipline militaire, et que hardiment ilz se missent en voye, car il leurs seroit tres facile de les assommer comme bestes.

Adoncques monta Gargantua sus sa grande jument, accompaigné comme davant avons dict, et, trouvant en son chemin un hault et grand arbre (lequel communement on nommoit l'Arbre de sainct Martin, pource qu'ainsi estoit creu un bourdon que jadis sainct Martin y planta), dist : « Voicy ce qu'il me falloit : cest arbre me servira de bourdon et de lance. » Et l'arrachit facilement de terre, et en ousta les rameaux, et le para pour son plaisir.

Ce pendent sa jument pissa pour se lascher le ventre; mais ce fut en telle abondance qu'elle en feist sept lieues de deluge, et deriva tout le pissat au gué de Vede, et tant l'enfla devers le fil de l'eau que toute ceste bande des ennemys furent en grand horreur noyez, exceptez aulcuns qui avoient prins le chemin vers les cousteaux à gauche.

Gargantua, venu à l'endroit du boys de Vede, feust advisé par Eudemon que dedans le chasteau estoit quelque reste des ennemys, pour laquelle chose sçavoir Gargantua s'escria tant qu'il peut :

« Estez vous là, ou n'y estez pas ? Si vous y estez, n'y soyez plus; si n'y estez, je n'ay que dire. »

Mais un ribauld canonnier, qui estoit au machicoulys, luy tyra un coup de canon et le attainct par la temple dextre furieusement; toutesfoys ne luy feist pour ce mal en plus que s'il luy eust getté une prune. « Qu'est ce là ? (dist Gargantua). Nous gettez vous icy des grains de raisins ? La vendange vous coustera cher! » pensant de vray que le boulet feust un grain de raisin.

Ceulx qui estoient dedans le chasteau amuzez à la pille, entendant le bruit, coururent aux tours et forteresses, et luy tirerent plus de neuf mille vingt et cinq coups de faulconneaux et arquebouzes, visans tous à sa teste, et si menu tiroient contre luy qu'il s'escria :

« Ponocrates, mon amy, ces mousches icy me aveuglent; baillez moy quelque rameau de ces saulles pour les chasser, » pensant des plombées et pierres d'artillerie que feussent mousches bovines.

Ponocrates l'advisa que n'estoient aultres mousches que les coups d'artillerye que l'on tiroit du chasteau. Alors chocqua de son grand arbre contre le chasteau, et à grans coups abastit et tours et forteresses, et ruyna tout par terre. Par ce moyen feurent tous rompuz et mis en pieces ceulx qui estoient en icelluy.

De là partans, arriverent au pont du moulin et trouverent tout le gué couvert de corps mors en telle foulle qu'ilz avoient enguorgé le cours du moulin, et c'estoient ceulx qui estoient peritz au deluge urinal de la jument. Là feurent en pensement comment ils pourroient passer, veu l'empeschement de ces cadavres. Mais Gymnaste dist :

« Si les diables y ont passé, je y passeray fort bien.

— Les diables (dist Eudemon) y ont passé pour en emporter les âmes damnées.

— Sainct Treignan! (dist Ponocrates) par doncques consequence necessaire il y passera.

— Voyre, voyre (dist Gymnaste), ou je demoureray en chemin. »

Et, donnant des esperons à son cheval, passa franchement oultre, sans que jamais son cheval eust fraieur des corps mors; car il l'avoit acoustumé (selon la doctrine de Ælian) à ne craindre les ames ny corps mors — non en tuant les gens comme Diomedes tuoyt les Traces et Ulysses mettoit les corps de ses ennemys es pieds de ses chevaulx, ainsi que raconte Homere, — mais en luy mettant un phantosme parmy son foin et le faisant ordinairement passer sus icelluy quand il luy bailloit son avoyne.

Les troys aultres le suyvirent sans faillir, excepté Eudemon, duquel le cheval enfoncea le pied droict jusques au genoil dedans la pance d'un gros et gras villain qui estoit là noyé, à l'envers, et ne le povoit tirer hors; ainsi demoureroit empestré jusques à ce que Gargantua du bout de son baston enfondra le reste des tripes du villain en l'eau, ce pendant que le cheval levoit le pied, et (qui est chose merveilleuse en hippiatrie) feut ledict cheval guery d'un surot qu'il avoit en celluy pied par l'atouchement des boyaux de ce gros marroufle.

Comment Gargantua, soy peignant, faisoit tomber de ses cheveulx les boulletz d'artillerye.

CHAPITRE XXXVII

Issuz la rive de Vede, peu de temps apres aborderent au chasteau de Grandgousier qui les attendoit en grand desir. A sa venue, ilz le festoyerent à tour de bras; jamais on ne veit gens plus joyeux, car *Supplementum Supplementi Chronicorum* dict que Gargamelle y mourut de joye. Je n'en sçay rien de ma part, et bien peu me soucie ny d'elle ny d'aultre.

La verité fut que Gargantua, se refraischissant d'habillemens et se testonnant de son pigne (qui estoit grand de cent cannes, appoincté de grandes dents de elephans toutes entieres), faisoit tomber à chascun coup plus de sept balles de bouletz qui luy estoient demourez entre ses cheveulx à la demolition du boys de Vede. Ce que voyant, Grandgousier, son pere, pensoit que feussent pous et luy dist :

« Dea, mon bon filz, nous as tu aporté jusques icy des esparviers de Montagu ? Je n'entendoys que là tu feisse residence. »

Adonc Ponocrates respondit :

« Seigneur, ne pensez que je l'aye mis au colliege de pouillerie qu'on nomme Montagu. Mieulx le eusse voulu mettre entre les guenaux de Sainct Innocent, pour l'enorme cruaulté et villennie que je y ay congneu. Car trop mieulx sont traictez les forcez entre les Maures et Tartares, les meurtriers en la prison criminelle, voyre certes les chiens en vostre maison, que ne sont ces malautruz audict colliege, et, si j'estoys roy de Paris, le diable m'emport si je ne metoys le feu dedans et faisoys brusler et principal et regens qui endurent ceste inhumanité davant leurs yeulx estre exercée! »

Lors, levant un de ces boulletz, dist :

« Ce sont coups de canon que n'a guyeres a repceu vostre filz Gargantua passant davant le Boys de Vede, par la trahison de vos ennemys. Mais ilz en eurent telle recompense qu'ilz sont tous periz en la ruine du chasteau, comme les Philistins par l'engin de Sanson, et ceulx que opprima la tour de Siloé, desquelz est escript *Luce, xiij.* Iceulx je suis d'advis que nous poursuyvons, ce pendent que l'heur est pour nous, car l'occasion a tous ses cheveulx au front : quand elle est oultre passée, vous ne la povez plus revocquer ; elle est chauve par le darriere de la teste et jamais plus ne retourne.

— Vrayement, dist Grandgousier, ce ne sera pas à ceste heure, car je veulx vous festoyer pour ce soir, et soyez les tres bien venuz. »

Ce dict, on apresta le soupper, et de surcroist feurent roustiz : seze beufz, troys genisses, trente et deux veaux, soixante et troys chevreaux moissonniers, quatre vingt quinze moutons, troys cens gourretz de laict à beau moust, unze vingt perdrys, sept cens becasses, quatre cens chappons de Loudunoys et Cornouaille, six mille poulletz et autant de pigeons, six cens gualinottes, quatorze cens levraux, troys cens et troys hostardes, et mille sept cens hutaudeaux. De venaison l'on ne peut tant soubdain recouvrir, fors unze sangliers qu'envoya l'abbé de Turpenay, et dix et huict bestes fauves que donna le seigneur de Grandmont, ensemble sept vingt faisans qu'envoya le seigneur des Essars, et quelques douzaines de ramiers, de oiseaux de riviere, de cercelles, buours, courtes, pluviers, francolys, cravans, tyransons, vanereaux, tadournes, pochecullieres, pouacres, hegronneaux, foulques, aigrettes, ciguoingnes, cannes petieres, oranges flammans (qui sont phœnicopteres), terrigoles, poulles de Inde, force coscossons, et renfort de potages.

Sans poinct de faulte y estoit de vivres abondance, et feurent aprestez honnestement par Fripesaulce, Hoschepot et Pilleverjus, cuisiniers de Grandgousier.

Janot, Micquel et Verrenet apresterent fort bien à boyre.

Comment Gargantua mangea en sallade six pelerins.

CHAPITRE XXXVIII

Le propos requiert que racontons ce qu'advint à six pelerins, qui venoient de Sainct Sebastien, pres de Nantes, et pour soy herberger celle nuict, de peur des ennemys, s'estoient mussez au jardin dessus les poyzars, entre les choulx et lectues. Gargantua se trouva quelque peu alteré et demanda si l'on pourroit trouver de lectues pour faire sallade, et, entendent qu'il y en avoit des plus belles et grandes du pays, car elles estoient grandes comme pruniers ou noyers, y voulut aller luy mesmes et en emporta en sa main ce que bon luy sembla. Ensemble emporta les six pelerins, lesquelz avoient si grand paour qu'ilz ne ausoient ny parler ny tousser.

Les lavant doncques premierement en la fontaine, les pelerins disoient en voix basse l'un à l'aultre : « Qu'est il de faire ? Nous noyons icy, entre ces lectues. Parlerons nous ? Mais, si nous parlons, il nous tuera comme espies. » Et, comme ilz deliberoient ainsi, Gargantua les mist avecques ses lectues dedans un plat de la maison, grand comme la tonne de Cisteaulx, et, avecques huille et vinaigre et sel, les mangeoit pour soy refraischir davant souper, et avoit jà engoullé cinq des pelerins. Le sixiesme estoit dedans le plat, caché soubz une lectue, excepté son bourdon qui apparoissoit au dessus. Lequel voyant, Grandgousier dist à Gargantua :

« Je croy que c'est là une corne de limasson; ne le mangez poinct.

— Pourquoy ? (dist Gargantua). Ilz sont bons tout ce moys. »

Et, tyrant le bourdon, ensemble enleva le pelerin, et le mangeoit tres bien; puis beut un horrible traict de vin pineau, et attendirent que l'on apprestast le souper.

Les pelerins ainsi devorez se tirerent hors les meulles de ses dentz le mieulx que faire peurent, et pensoient qu'on les eust mys en quelque basse fousse des prisons, et, lors que Gargantua beut le grand traict, cuyderent noyer en sa bouche, et le torrent du vin presque les emporta au gouffre de son estomach; toutesfoys, saultans avec leurs bourdons, comme font les micquelotz, se mirent en franchise l'orée des dentz. Mais, par malheur, l'un d'eux, tastant avecques son bourdon le pays à sçavoir s'ilz estoient en sceureté, frappa rudement en la faulte d'une dent creuze et ferut le nerf de la mandibule, dont feist tres forte douleur à Gargantua, et commença crier de raige qu'il enduroit. Pour doncques se soulaiger du mal, feist aporter son curedentz et, sortant vers le noyer grollier, vous denigea Messieurs les pelerins. Car il arrapoit l'un par les jambes, l'aultre par les espaules, l'aultre par la bezace, l'aultre par la foilluze, l'aultre par l'escharpe, et le pauvre haire qui l'avoit feru du bourdon, le accrochea par la braguette; toutesfoys ce luy fut un grand heur, car il luy percea une bosse chancreuze qui le martyrisoit depuis le temps qu'ilz eurent passé Ancenys.

Ainsi les pelerins denigez s'enfuyrent à travers la plante à beau trot, et appaisa la douleur.

En laquelle heure feut appellé par Eudemon pour soupper, car tout estoit prest :

« Je m'en voys doncques (dist il) pisser mon malheur. »

Lors pissa si copieusement que l'urine trancha le chemin aux pelerins, et furent contrainctz passer la grande boyre. Passans de là par l'orée de la Touche, en plain chemin tomberent tous, excepté Fournillier, en une trape qu'on avoit faict pour prandre les loups à la trainnée, dont escapperent moyennant l'industrie dudict Fournillier, qui rompit tous les lacz et cordages.

De là issus, pour le reste de celle nuyct coucherent en une loge pres le Couldray, et là feurent reconfortez de leur malheur par les bonnes parolles d'un de leur compaignie, nommé Lasdaller, lequel leur remonstra que ceste adventure avoit esté predicte par David *Ps.* :

« *Cum exurgerent homines in nos, forte vivos deglutissent nos*, quand nous feusmes mangez en salade au grain du sel; *cum irasceretur furor eorum in nos, forsitan aqua absorbuisset nos*, quand il beut le grand traict; *torrentem pertransivit anima nostra*, quand nous passasmes la grande boyre; *forsitan pertransisset anima nostra aquam intolerabilem* de son urine, dont il nous tailla le chemin. *Benedictus Dominus, qui non dedit nos in captionem dentibus eorum. Anima nostra, sicut passer erepta est de laqueo venantium*, quand nous tombasmes en la trape; *laqueus contritus est* par Fournillier, *et nos liberati sumus. Adjutorium nostrum*, etc. »

Comment le moyne fut festoyé par Gargantua et des beaulx propos qu'il tint en souppant.

CHAPITRE XXXIX

Quand Gargantua feut à table et la premiere poincte des morceaux feut baufrée, Grandgousier commença raconter la source et la cause de la guerre meue entre luy et Picrochole, et vint au poinct de narrer comment Frere Jean des Entommeures avoit triumphé à la defence du clous de l'abbaye, et le loua au dessus des prouesses de Camille, Scipion, Pompée, Cesar et Themistocles. Adoncques requist Gargantua que sus l'heure feust envoyé querir, affin qu'avecques luy on consultast de ce qu'estoit à faire. Par leur vouloir l'alla querir son maistre d'hostel, et l'admena joyeusement avecques son baston de croix sus la mulle de Grandgousier.

Quand il feut venu, mille charesses, mille embrassemens, mille bons jours feurent donnez :

« Hés, Frere Jean, mon amy, Frere Jean mon grand cousin, Frere Jean de par le diable, l'acollée, mon amy!

— A moy la brassée!

— Cza, couillon, que je te esrene de force de t'acoller! »

Et Frere Jean de rigoller! Jamais homme ne feut tant courtoys ny gracieux.

« Cza, cza (dist Gargantua), une escabelle icy, aupres de moy, à ce bout.

— Je le veulx bien (dist le moyne), puis qu'ainsi vous plaist. Page, de l'eau! Boute, mon enfant, boute : elle me refraischira le faye. Baille icy que je guargarize.

— *Deposita cappa* (dist Gymnaste); oustons ce froc.

— Ho, par Dieu (dist le moyne), mon gentilhomme, il y a un chapitre *in statutis Ordinis* auquel ne plairoit le cas.

— Bren (dist Gymnaste), bren pour vostre chapitre. Ce froc vous rompt les deux espaules; mettez bas.

— Mon amy (dist le moyne), laisse le moy, car, par Dieu! je n'en boy que mieulx : il me faict le corps tout joyeux. Si je le laisse, Messieurs les pages en feront des jarretieres, comme il me feut faict une foys à Coulaines. Davantaige, je n'auray nul appetit. Mais, si en cest habit je m'assys à table, je boiray, par Dieu! et à toy et à ton cheval, et de hayt. Dieu guard de mal la compaignie! Je avoys souppé; mais pour ce ne mangeray je poinct moins, car j'ay un estomac pavé, creux comme la botte sainct Benoist, tousjours ouvert comme la gibbessiere d'un advocat. De tous poissons, fors que la tanche, prenez l'aesle de la perdrys, ou la cuisse d'une nonnain. N'est ce falotement mourir quand on meurt le caiche roidde ? Nostre prieur ayme fort le blanc de chappon.

— En cela (dist Gymnaste) il ne semble poinct aux renars, car des chappons, poules, pouletz qu'ilz prenent, jamais ne mangent le blanc.

— Pourquoy ? dist le moyne.

— Parce (respondit Gymnaste) qu'ilz n'ont poinct de cuisiniers à les cuyre, et, s'ilz ne sont competentement cuitz, il demeurent rouge et non blanc. La rougeur des viandes est indice qu'elles ne sont assez cuytes, exceptez les gammares et escrivices, que l'on cardinalize à la cuyte.

— Feste Dieu Bayart! (dist le moyne) l'enfermier de nostre abbaye n'a doncques la teste bien cuyte, car il a les yeulx rouges comme un jadeau de vergne... Ceste cuisse de levrault est bonne pour les goutteux. A propos truelle, pourquoy est ce que les cuisses d'une damoizelle sont tousjours fraisches ?

— Ce problesme (dist Gargantua) n'est ny en Aristoteles, ny en Alexandre Aphrodise, ny en Plutarque.

— C'est (dist le moyne) pour trois causes par lesquelles un lieu est naturellement refraischy : *primo*, pource que l'eau decourt tout du long; *secundo*, pource que c'est un lieu umbrageux, obscur et tenebreux, auquel jamais le soleil ne luist; et tiercement, pource qu'il est continuellement esventé des ventz du trou de bize, de chemise, et d'abondant de la braguette. Et de hayt! Page, à la humerie!... Crac, crac, crac... Que Dieu est bon, qui nous donne ce bon piot!... J'advoue Dieu, si j'eusse esté au temps de Jesuchrist, j'eusse bien engardé que les Juifz ne l'eussent prins au jardin de Olivet. Ensemble le diable me faille si j'eusse failly de coupper les jarretz à Messieurs les Apostres, qui fuyrent tant laschement, apres qu'ilz eurent bien souppé, et laisserent leur bon maistre au besoing! Je hayz plus que poizon un homme qui fuyt quand il fault jouer de cousteaux. Hon, que je ne suis roy de France pour quatre vingtz ou cent ans! Par Dieu, je vous metroys en chien courtault les fuyars de Pavye! Leur fiebvre quartaine! Pourquoy ne mouroient ilz là plus tost que laisser leur bon prince en ceste necessité? N'est il meilleur et plus honorable mourrir vertueusement bataillant que vivre fuyant villainement?... Nous ne mangerons gueres d'oysons ceste année... Ha, mon amy, baille de ce cochon... Diavol! il n'y a plus de moust : *germinavit radix Jesse*. Je renye ma vie, je meurs de soif... Ce vin n'est des pires. Quel vin beuviez vous à Paris? Je me donne au diable si je n'y tins plus de six moys pour un temps maison ouverte à tous venens!... Congnoissez vous Frere Claude des Haulx Barrois? O le bon compaignon que c'est! Mais quelle mousche l'a picqué? Il ne faict rien que estudier depuis je ne sçay quand. Je n'estudie poinct, de ma part. En nostre abbaye nous ne estudions jamais, de peur des auripeaux. Nostre feu abbé disoit que c'est chose monstrueuse veoir un moyne sçavant. Par Dieu, Monsieur mon amy, *magis magnos clericos non sunt magis magnos sapientes*... Vous ne veistes oncques tant de lievres comme il y en a ceste année. Je n'ay peu recouvrir ny aultour ny tiercelet de lieu du monde. Monsieur de la Bellonniere m'avoit promis un lanier, mais il m'escripvit n'a gueres qu'il estoit devenu patays. Les perdris nous mangeront les aureilles mesouan. Je ne prens poinct de plaisir à la tonnelle, car je y morfonds. Si je ne cours, si je ne tracasse, je ne suis poinct à mon aize. Vray est que, saultant les hayes et buissons, mon froc y laisse du poil. J'ay recouvert un gentil levrier. Je donne au diable si luy eschappe lievre. Un lacquays le menoit à Monsieur de Maulevrier; je le destroussay. Feis je mal ?

— Nenny, Frere Jean (dist Gymnaste), nenny, de par tous les diables, nenny!

— Ainsi (dist le moyne), à ces diables, ce pendent qu'ilz durent! Vertus Dieu! qu'en eust faict ce boyteux ? Le cor Dieu! il prent plus de plaisir quand on luy faict present d'un bon couble de beufz!

— Comment (dist Ponocrates), vous jurez, Frere Jean ?

— Ce n'est (dist le moyne) que pour orner mon langaige. Ce sont couleurs de rethorique Ciceroniane. »

Pourquoy les moynes sont refuyz du monde,
et pourquoy les ungs ont le nez plus grand que les aultres.

CHAPITRE XL

« Foy de christian! (dist Eudemon) je entre en grande resverie, considerant l'honnesteté de ce moyne, car il nous esbaudist icy tous. Et comment doncques est ce qu'on rechasse les moynes de toutes bonnes compaignies, les appellans troublefeste, comme abeilles chassent les freslons d'entour leurs rousches?

Ignavum fucos pecus
(dist Maro),
a presepibus arcent. »

A quoy respondit Gargantua :

« Il n'y a rien si vray que le froc et la cogule tire à soy les opprobres, injures et maledictions du monde, tout ainsi comme le vent dict Cecias attire les nues. La raison peremptoire est parce qu'ilz mangent la merde du monde, c'est à dire les pechez, et comme machemerdes l'on les rejecte en leurs retraictz, ce sont leurs conventz et abbayes, separez de conversation politicque comme sont les retraictz d'une maison. Mais, si entendez pourquoy un cinge en une famille est tousjours mocqué et herselé, vous entendrez pourquoy les moynes sont de tous refuys, et des vieux et des jeunes. Le cinge ne guarde poinct la maison, comme un chien; il ne tire pas l'aroy, comme le beuf; il ne produict ny laict ny layne, comme la brebis; il ne porte pas le faiz, comme le cheval. Ce qu'il faict est tout conchier et degaster, qui est la cause pourquoy de tous repceoyt mocqueries et bastonnades. Semblablement, un moyne (j'entends de ces ocieux moynes) ne laboure comme le paisant, ne garde le pays comme l'homme de guerre, ne guerist les malades comme le medicin, ne presche ny endoctrine le monde comme le bon docteur evangelicque et pedagoge, ne porte les commoditez et choses necessaires à la republicque comme le marchant. Ce est la cause pourquoy de tous sont huez et abhorrys.

— Voyre, mais (dist Grandgousier) ilz prient Dieu pour nous.

— Rien moins (respondit Gargantua). Vray est qu'ilz molestent tout leur voisinage à force de trinqueballer leurs cloches.

— Voyre (dist le moyne), une messe, unes matines, unes vespres bien sonnéez sont à demy dictes.

— Ilz marmonnent grand renfort de legendes et pseaulmes nullement par eulx entenduz; ilz content force patenostres, entrelardées de longs *Ave Mariaz*, sans y penser ny entendre, et ce je appelle mocquedieu, non oraison. Mais ainsi leurs ayde Dieu s'ilz prient pour nous, et non par paour de perdre leurs miches et souppes grasses. Tous vrays christians, de tous estatz, en tous lieux, en tous temps, prient Dieu, et l'Esperit prie et interpelle pour iceulx, et Dieu les prent en grace. Maintenant tel est nostre bon Frere Jean. Pourtant chascun le soubhaite en sa compaignie. Il n'est point bigot; il n'est poinct dessiré; il est honeste, joyeux, deliberé, bon compaignon; il travaille; il labeure; il defent les opprimez; il conforte les affligez; il subvient es souffreteux; il garde les clous de l'abbaye.

— Je foys (dist le moyne) bien dadvantaige; car, en despeschant nos matines et anniversaires on cueur, ensemble je fois des chordes d'arbaleste, je polys des matraz et guarrotz, je foys des retz et des poches à prendre les connis. Jamais je ne suis oisif. Mais or çzà, à boyre! à boyre çzà! Aporte le fruict : ce sont chastaignes du boys d'Estrocz avec bon vin nouveau. Voy vous là composeur de petz, vous n'estez encores ceans amoustillez. Par Dieu, je boy à tous guez, comme un cheval de promoteur! »

Gymnaste luy dist :

« Frere Jean, oustez ceste rouppie que vous pend au nez.

— Ha! ha! (dist le moyne) serois je en dangier de noyer, veu que suis en l'eau jusques au nez ? Non, non. *Quare ? Quia* elle en sort bien, mais poinct n'y entre, car il est bien antidoté dc pampre. O mon amy, qui auroit bottes d'hyver de tel cuir, hardiment pourroit il pescher aux huytres, car jamais ne prendroient eau.

— Pourquoy (dist Gargantua) est ce que Frere Jean a si beau nez ?

— Parce (respondit Grandgousier) que ainsi Dieu l'a voulu, lequel nous faict en telle forme et telle fin, selon son divin arbitre, que faict un potier ses vaisseaulx.

— Parce (dist Ponocrates) qu'il feut des premiers à la foyre des nez. Il print des plus beaulx et plus grands.

— Trut avant! (dist le moyne). Selon vraye philosophie monasticque, c'est parce que ma nourrice avoit les tetins moletz : en la laictant, mon nez y enfondroit comme en beurre, et là s'eslevoit et croissoit comme la paste dedans la met. Les durs tetins de nourrices font les enfans camuz. Mais, guay, guay! *Ad formam nasi cognoscitur ad te levavi...* Je ne mange jamais de confitures. Page, à la humerie! Item, rousties! »

Comment le moyne feist dormir Gargantua, et de ses heures et breviaire.

CHAPITRE XLI

Le souper achevé, consulterent sus l'affaire instant, et feut conclud que environ la minuict ilz sortiroient à l'escarmouche pour sçavoir quel guet et diligence faisoient leurs ennemys; en ce pendent, qu'il se reposeroient quelque peu pour estre plus frais. Mais Gargantua ne povoit dormir en quelque façon qu'il se mist. Dont luy dist le moyne :

« Je ne dors jamais bien à mon aise, sinon quand je suis au sermon ou quand je prie Dieu. Je vous supplye, commençons, vous et moy, les sept pseaulmes, pour veoir si tantost ne serez endormy. »

L'invention pleut tres bien à Gargantua, et, commenceant le premier pseaulme, sus le poinct de *Beati quorum* s'endormirent et l'un et l'autre. Mais le moyne ne faillit oncques à s'esveiller avant la minuict, tant il estoit habitué à l'heure des matines claustralles. Luy esveillé, tous les aultres esveilla, chantant à pleine voix la chanson :

« *Ho, Regnault, reveille toy, veille;*
O, Regnault, réveille toy. »

Quand tous furent esveillez, il dict :

« Messieurs, l'on dict que matines commencent par tousser, et souper par boyre. Faisons au rebours; commençons maintenant noz matines par boyre, et de soir, à l'entrée de souper, nous tousserons à qui mieulx mieulx. »

Dont dist Gargantua :

« Boyre si tost apres le dormir, ce n'est vescu en

diete de medicine. Il se fault premier escurer l'estomach des superfluitez et excremens.

— C'est (dist le moyne) bien mediciné! Cent diables me saultent au corps s'il n'y a plus de vieulx hyvrognes qu'il n'y a de vieulx medicins! J'ay composé avecques mon appetit en telle paction que tousjours il se couche avecques moy, et à cela je donne bon ordre le jour durant, aussy avecques moy il se lieve. Rendez tant que vouldrez voz cures, je m'en voys apres mon tyrouer.

— Quel tyrouer (dist Gargantua) entendez vous ?

— Mon breviaire (dist le moyne), car — tout ainsi que les faulconniers, davant que paistre leurs oyseaux, les font tyrer quelque pied de poulle pour leurs purger le cerveau des phlegmes et pour les mettre en appetit, — ainsi, prenant ce joyeux petit breviaire au matin, je m'escure tout le poulmon, et voy me là prest à boyre.

— A quel usaige (dist Gargantua) dictez vous ces belles heures ?

— A l'usaige (dist le moyne) de Fecan, à troys pseaulmes et troys leçons, ou rien du tout qui ne veult. Jamais je ne me assubjectis à heures : les heures sont faictez pour l'homme, et non l'homme pour les heures. Pour tant je foys des miennes à guise d'estrivieres; je les acourcis ou allonge quand bon me semble : *brevis oratio penetrat celos, longa potatio evacuat cyphos*. Où est escript cela ?

— Par ma foy (dist Ponocrates), je ne sçay, mon petit couillaust; mais tu vaulx trop!

— En cela (dist le moyne) je vous ressemble. Mais *venite apotemus.* »

L'on apresta carbonnades à force et belles souppes de primes, et beut le moyne à son plaisir. Aulcuns luy tindrent compaignie, les aultres s'en deporterent. Apres, chascun commença soy armer et accoustrer, et armerent le moyne contre son vouloir, car il ne vouloit aultres armes que son froc davant son estomach et le baston de la croix en son poing. Toutesfoys, à leur plaisir feut armé de pied en cap et monté sus un bon coursier du royaulme, et un gros braquemart au cousté, ensemble Gargantua, Ponocrates, Gymnaste, Eudemon et vingt et cinq des plus adventureux de la maison de Grandgousier, tous armez à l'advantaige, la lance au poing, montez comme sainct George, chascun ayant un harquebouzier en crope.

Comment le moyne donne couraige à ses compaignons et comment il pendit à une arbre.

CHAPITRE XLII

Or s'en vont les nobles champions à leur adventure, bien deliberez d'entendre quelle rencontre fauldra poursuyvre et de quoy se fauldra contregarder, quand viendra la journée de la grande et horrible bataille. Et le moyne leur donne couraige, disant :

« Enfans, n'ayez ny paour ny doubte, je vous conduiray seurement. Dieu et sainct Benoist soient avecques nous! Si j'avoys la force de mesmes le couraige, par la mort bieu, je vous les plumeroys comme un canart! Je ne crains rien fors l'artillerie. Toutesfoys, je sçay quelque oraison que m'a baillé le soubsecretain de nostre abbaye, laquelle guarentist la personne de toutes bouches à feu; mais elle ne me profitera de rien, car je n'y adjouste poinct de foy. Toutesfoys, mon baston de croix fera diables. Par Dieu, qui fera la cane de vous aultres, je me donne au diable si je ne le fays moyne en mon lieu et l'enchevestre de mon froc : il porte medicine à couhardise de gens. Avez point ouy parler du levrier de Monsieur de Meurles, qui ne valloit rien pour les champs ? Il luy mist un froc au col. Par le corps Dieu, il n'eschappoit ny lievre ny regnard devant luy, et, que plus est, couvrit toutes les chiennes du pays, qui auparavant estoit esrené et *de frigidis et maleficiatis.* »

Le moyne, disant ces parolles en cholere, passa soubz un noyer, tyrant vers la Saullaye, et embrocha la visiere de son heaulme à la roupte d'une grosse branche du noyer. Ce non obstant donna fierement des esperons à son cheval, lequel estoit chastouilleur à la poincte, en maniere que le cheval bondit en avant, et le moyne, voulant deffaire sa visiere du croc, lasche la bride et de la main se pend aux branches, ce pendent que le cheval se desrobe dessoubz luy. Par ce moyen demoura le moyne pendent au noyer et criant à l'aide et au meurtre, protestant aussi de trahison.

Eudemon premier l'aperceut et, appellant Gargantua : « Sire, venez et voyez Absalon pendu! » Gargantua, venu, considera la contenence du moyne et la forme dont il pendoit, et dist à Eudemon :

« Vous avez mal rencontré, le comparant à Absalon, car Absalon se pendit par les cheveux; mais le moyne, ras de teste, s'est pendu par les aureilles.

— Aydez moy (dist le moyne), de par le diable! N'est-il pas bien le temps de jazer ? Vous me semblez les prescheurs decretalistes, qui disent que quiconques voira son prochain en dangier de mort, il le doibt, sus peine d'excommunication trisulce, plustoust admonnester de soy confesser et mettre en estat de grace que de luy ayder. Quand doncques je les voiray tombez en la riviere et prestz d'estre noyez, en lieu de les aller querir et bailler la main, je leur feray un beau et long sermon *de contemptu mundi et fuga seculi*, et, lorsqu'ilz seront roides mors, je les iray pescher.

— Ne bouge (dist Gymnaste), mon mignon, je te voys querir, car tu es gentil petit *monachus :*

« *Monachus in claustro*
Non valet ova duo;
Sed, quando est extra
Bene valet triginta.

« J'ay veu des pendus plus de cinq cens, mais je n'en veis oncques qui eust meilleure grace en pendilant, et, si je l'avoys aussi bonne, je vouldroys ainsi pendre toute ma vye.

— Aurez vous (dist le moyne) tantost assez presché ? Aidez moy de par Dieu, puisque de par l'Aultre ne voulez. Par l'habit que je porte, vous en repentirez *tempore et loco prelibatis*. »

Allors descendit Gymnaste de son cheval, et, montant au noyer, souleva le moyne par les goussetz d'une main, et de l'autre deffist sa visiere du croc de l'arbre, et ainsi le laissa tomber en terre et soy apres.

Descendu que feut, le moyne se deffist de tout son arnoys et getta l'une piece apres l'autre parmy le champ, et, reprenant son baston de la croix, remonta sus son cheval, lequel Eudemon avoit retenu à la fuite.

Ainsi s'en vont joyeusement, tenans le chemin de la Saullaye.

Comment l'escharmouche de Picrochole feut rencontré par Gargantua, et comment le moyne tua le capitaine Tyravant, et puis fut prisonnier entre les ennemys.

CHAPITRE XLIII

Picrochole, à la relation de ceulx qui avoient evadé à la roupte lors que Tripet fut estripé, feut esprins de grand courroux, ouyant que les diables avoient couru suz ses gens, et tint son conseil toute la nuict, auquel Hastiveau et Toucquedillon conclurent que sa puissance estoit telle qu'il pourroit defaire tous les diables d'enfer s'ilz y venoient, ce que Picrochole ne croyoit du tout, aussy ne s'en defioit il.

Pourtant envoya soubz la conduicte du conte Tyravant, pour descouvrir le pays, seize cens chevaliers, tous montez sus chevaulx legiers, en escarmousche, tous bien aspergez d'eau beniste et chascun ayant pour leur signe une estolle en escharpe, à toutes adventures, s'ilz rencontroient les diables, que par vertus tant de ceste eau Gringorienne que des estolles, yceulx feissent disparoir et esvanouyr. Coururent doncques jusques pres La Vauguyon et la Maladerye, mais oncques ne trouverent personne à qui parler, dont repasserent par le dessus, et en la loge et tugure pastoral, pres le Couldray, trouverent les cinq pelerins, lesquelz liez et baffouez emmenerent comme s'ilz feussent espies, non obstant les exclamations, adjurations et requestes qu'ilz feissent. Descendus de là vers Seuillé, furent entenduz par Gargantua, lequel dist à ses gens :

« Compaignons, il y a icy rencontre, et sont en nombre trop plus dix foys que nous. Chocquerons nous sus eulx ?

— Que diable (dist le moyne) ferons nous doncq ? Estimez vous les hommes par nombre, et non par vertus et hardiesse ? » Puis s'escria : « Chocquons, diables, chocquons ! »

Ce que entendens, les ennemys pensoient certainement que feussent vrays diables, dont commencerent fuyr à bride avallée, excepté Tyravant, lequel coucha sa lance en l'arrest et en ferut à toute oultrance le moyne au milieu de la poictrine; mais, rencontrant le froc horrifique, rebouscha par le fer, comme si vous frappiez d'une petite bougie contre une enclume. Adoncq le moyne avec son baston de croix luy donna entre col et collet sus l'os acromion si rudement qu'il l'estonna et feist perdre tout sens et movement, et tomba es piedz du cheval. Et, voyant l'estolle qu'il portoit en escharpe, dist à Gargantua :

« Ceulx cy ne sont que prebstres : ce n'est q'un commencement de moyne. Par sainct Jean, je suis moyne parfaict : je vous en tueray comme de mousches.

Puis le grand gualot courut apres, tant qu'il atrapa les derniers, et les abbastoit comme seille, frapant à tors et à travers.

Gymnaste interrogua sus l'heure Gargantua s'ilz les debvoient poursuyvre. A quoy dist Gargantua :

« Nullement, car, selon vraye discipline militaire, jamais ne fault mettre son ennemy en lieu de desespoir, parce que telle necessité luy multiplie sa force et accroist le couraige qui jà estoit deject et failly, et n'y a meilleur remede de salut à gens estommiz et recreuz que de ne esperer salut aulcun. Quantes victoires ont esté tollues des mains des vaincqueurs par les vaincuz, quand il ne se sont contentés de raison, mais ont attempté du tout mettre à internition et destruire totallement leurs ennemys, sans en vouloir laisser un seul pour en porter les nouvelles ! Ouvrez tousjours à voz ennemys toutes les portes et chemins, et plustost leurs faictes un pont d'argent affin de les renvoyer.

— Voyre, mais (dist Gymnaste) ilz ont le moyne.

— Ont ilz (dist Gargantua) le moyne ? Sus mon honneur, que ce sera à leur dommaige ! Mais, affin de survenir à tous azars, ne nous retirons pas encores; attendons icy en silence, car je pense jà assez congnoistre l'engin de noz ennemys. Il se guident par sort, non par conseil. »

Iceulx ainsi attendens soubz les noiers, ce pendent le moyne poursuyvoit, chocquant tous ceulx qu'il rencontroit, sans de nully avoir mercy, jusque à ce qu'il rencontra un chevalier qui portoit en crope un des pauvres pelerins. Et là, le voulent mettre à sac, s'escria le pelerin :

« Ha, Monsieur le Priour, mon amy, Monsieur le Priour, sauvez moy, je vous en prie! »

Laquelle parolle entendue, se retournerent arriere les ennemys, et, voyans que là n'estoit que le moyne qui faisoit cest esclandre, le chargerent de coups comme on faict un asne de boys; mais de tout rien ne sentoit, mesmement quand ilz frapoient sus son froc, tant il avoit la peau dure. Puis le baillerent à guarder à deux archiers, et, tournans bride, ne veirent personne contre eulx, dont existimerent que Gargantua estoit fuy avecques sa bande. Adoncques coururent vers les Noyrettes tant roiddement qu'ilz peurent pour les rencontrer, et laisserent là le moyne seul avecques deux archiers de guarde.

Gargantua entendit le bruit et hennissement des chevaulx et dict à ses gens :

« Compaignons, j'entends le trac de noz ennemys, et jà apperçoy aulcuns d'iceulx qui viennent contre nous à la foulle. Serrons nous icy, et tenons le chemin en bon ranc. Par ce moyen nous les pourrons recepvoir à leur perte et à nostre honneur. »

Comment le moyne se deffist de ses guardes,
et comment l'escarmouche de Picrochole feut deffaicte.

CHAPITRE XLIV

Le moyne, les voyant ainsi departir en desordre, conjectura qu'ilz alloient charger sus Gargantua et ses gens, et se contristoit merveilleusement de ce qu'il ne les povoit secourir. Puis advisa la contenence de ses deux archiers de guarde, lesquelz eussent voluntiers couru apres la troupe pour y butiner quelque chose et tousjours regardoient vers la vallée en laquelle ilz descendoient. Dadvantaige syllogisoit, disant :

« Ces gens icy sont bien mal exercez en faictz d'armes, car oncques ne me ont demandé ma foy et ne me ont ousté mon braquemart. »

Soubdain apres tyra son dict braquemart et en ferut l'archier qui le tenoit à dextre, luy coupant entierement les venes jugulaires et arteres spagitides du col, avecques le guarguareon, jusques es deux adenes, et, retirant le coup, luy entreouvrit le mouelle spinale entre la seconde et tierce vertebre : là tomba l'archier tout mort. Et le moyne, detournant son cheval à gauche, courut sus l'aultre, lequel, voyant son compaignon mort et le moyne adventaigé sus soy, cryoit à haulte voix :

« Ha, Monsieur le Priour, je me rendz! Monsieur le Priour, mon bon amy, Monsieur le Priour! »

Et le moyne cryoit de mesmes :

« Monsieur le Posteriour, mon amy, Monsieur le Posteriour, vous aurez sus voz posteres.

— Ha! (disoit l'archier) Monsieur le Priour, mon mignon, Monsieur le Priour, que Dieu vous face abbé!

— Par l'habit (disoit le moyne) que je porte, je vous feray icy cardinal. Rensonnez vous les gens de religion ? Vous aurez un chapeau rouge à ceste heure de ma main. »

Et l'archier cryoit :

« Monsieur le Priour, Monsieur le Priour, Monsieur l'Abbé futeur, Monsieur le Cardinal, Monsieur le tout! Ha! ha! hés! non, Monsieur le Priour, mon bon petit Seigneur le Priour, je me rends à vous!

— Et je te rends (dist le moyne) à tous les diables. »

Lors d'un coup luy tranchit la teste, luy coupant le test sus les os petrux, et enlevant les deux os bregmatis et la commissure sagittale avecques grande partie de l'os coronal, ce que faisant luy tranchit les deux meninges et ouvrit profondement les deux posterieurs ventricules du cerveau; et demoura le craine pendent sus les espaules à la peau du pericrane par derriere, en forme d'un bonnet doctoral, noir par dessus, rouge par dedans. Ainsi tomba roidde mort en terre.

Ce faict, le moyne donne des esperons à son cheval et poursuyt la voye que tenoient les ennemys, lesquelz avoient rencontré Gargantua et ses compaignons au grand chemin et tant estoient diminuez au nombre, pour l'enorme meurtre que y avoit faict Gargantua avecques son grand arbre, Gymnaste, Ponocrates, Eudemon et les aultres, qu'ilz commençoient soy retirer à diligence, tous effrayez et perturbez de sens et entendement comme s'ilz veissent la propre espece et forme de mort davant leurs yeulx.

Et — comme vous voyez un asne, quand il a au cul un œstre Junonicque ou une mouche qui le poinct, courir çà et là sans voye ny chemin, gettant sa charge par terre, rompant son frain et renes, sans aulcunement respirer ny prandre repos, et ne sçayt on qui le meut, car l'on ne veoit rien qui le touche, — ainsi fuyoient ces gens, de sens desprouveuz, sans sçavoir cause de fuyr; tant seulement les poursuit une terreur panice laquelle avoient conceue en leurs ames.

Voyant le moyne que toute leur pensée n'estoit

sinon à guaigner au pied, descend de son cheval et monte sus une grosse roche qui estoit sus le chemin, et avecques son grand braquemart frappoit sus ces fuyars à grand tour de bras, sans se faindre ny espargner. Tant en tua et mist par terre que son braquemart rompit en deux pieces. Adoncques pensa en soy mesmes que c'estoit assez massacré et tué, et que le reste debvoit eschapper pour en porter les nouvelles.

Pourtant saisit en son poing une hasche de ceulx qui là gisoient mors et se retourna derechief sus la roche, passant temps à veoir fouyr les ennemys et cullebuter entre les corps mors, excepté que à tous faisoit laisser leurs picques, espées, lances et hacquebutes; et ceulx qui portoient les pelerins liez, il les mettoit à pied et delivroit leurs chevaulx audictz pelerins, les retenent avecques soy l'orée de la haye, et Toucquedillon, lequel il retint prisonnier.

Comment le moyne amena les pelerins et les bonnes parolles que leur dist Grandgousier.

CHAPITRE XLV

Ceste escarmouche parachevée, se retyra Gargantua avecques ses gens, excepté le moyne, et sus la poincte du jour se rendirent à Grandgousier, lequel en son lict prioit Dieu pour leur salut et victoire, et, les voyant tous saultz et entiers, les embrassa de bon amour et demanda nouvelles du moyne. Mais Gargantua luy respondit que sans doubte leurs ennemys avoient le moyne. « Ilz auront (dist Grandgousier) doncques male encontre », ce que avoit esté bien vray. Pourtant encores est le proverbe en usaige de *bailler le moyne à quelc'un.*

Adoncques commenda qu'on aprestast tres bien à desjeuner pour les refraischir. Le tout aponté, l'on appella Gargantua; mais tant luy grevoit de ce que le moyne ne comparoit aulcunement, qu'il ne vouloit ny boyre ny manger.

Tout soubdain le moyne arrive et, des la porte de la basse court, s'escria :

« Vin frays, vin frays, Gymnaste, mon amy! »

Gymnaste sortit et veit que c'estoit Frere Jean qui amenoit cinq pelerins et Toucquedillon prisonnier. Dont Gargantua sortit au davant, et luy feirent le meilleur recueil que peurent, et le menerent davant Grandgousier, lequel l'interrogea de toute son adventure. Le moyne luy disoit tout, et comment on l'avoit prins, et comment il s'estoit deffaict des archiers, et la boucherie qu'il avoit faict par le chemin, et comment il avoit recouvert les pelerins et amené le capitaine Toucquedillon. Puis se mirent à bancqueter joyeusement tous ensemble.

Ce pendent Grandgousier interrogeoit les pelerins de quel pays ilz estoient, dont il venoient et où ilz alloient. Lasdaller pour tous respondit :

« Seigneur, je suis de Sainct Genou en Berry; cestuy cy est de Paluau; cestuy cy est de Onzay; cestuy cy est de Argy; et cestuy cy est de Villebrenin. Nous venons de Sainct Sebastian pres de Nantes, et nous en retournons par noz petites journées.

— Voyre, mais (dist Grandgousier) qu'alliez vous faire à Sainct Sebastian ?

— Nous allions (dist Lasdaller) luy offrir noz votes contre la peste.

— O (dist Grandgousier) pauvres gens, estimez vous que la peste vienne de sainct Sebastian ?

— Ouy vrayement (respondit Lasdaller), noz prescheurs nous l'afferment.

— Ouy ? (dist Grandgousier) les faulx prophetes vous annoncent ilz telz abuz ? Blasphement ilz en ceste façon les justes et sainctz de Dieu qu'ilz les font semblables aux diables, qui ne font que mal entre les humains, comme Homere escript que la peste fut mise en l'oust des Gregoys par Apollo, et comme les poëtes faignent un grand tas de Vejoves et dieux malfaisans ? Ainsi preschoit à Sinays un caphart que sainct Antoine mettoit le feu es jambes, sainct Eutrope faisoit les hydropiques, sainct Gildas les folz, sainct Genou les gouttes. Mais je le puniz en tel exemple, quoy qu'il me appellast heretique, que depuis ce temps caphart quiconques n'est auzé entrer en mes terres, et m'esbahys si vostre roy les laisse prescher par son royaulme telz scandales, car plus sont à punir que ceulx qui, par art magicque ou aultre engin, auroient mis la peste par le pays. La peste ne tue que le corps, mais telz imposteurs empoisonnent les ames. »

Luy disans ces parolles, entra le moyne tout deliberé, et leurs demanda :

« Dont este vous, vous aultres pauvres hayres ?

— De Sainct Genou, dirent ilz.

— Et comment (dist le moyne) se porte l'abbé Tranchelion, le bon beuveur ? Et les moynes, quelle chere font ilz ? Le cor Dieu! ilz biscotent voz femmes, ce pendent que estes en romivage!

— Hin hen! (dist Lasdaller) je n'ay pas peur de la mienne, car qui la verra de jour ne se rompera jà le col pour l'aller visiter la nuict.

— C'est (dist le moyne) bien rentré de picques! Elle pourroit estre aussi layde que Proserpine, elle aura, par Dieu, la saccade puisqu'il y a moynes autour, car un bon ouvrier mect indifferentement toutes pieces en œuvre. Que j'aye la verolle en cas que ne les trouviez engroissées à vostre retour, car seulement l'ombre du clochier d'une abbaye est feconde.

— C'est (dist Gargantua) comme l'eau du Nile en Egypte, si vous croyez Strabo; et Pline, *lib. vij*, chap. iij, advise que c'est de la miche, des habitz et des corps. »

Lors dist Grandgousier :

« Allez vous en, pauvres gens, au nom de Dieu le createur, lequel vous soit en guide perpetuelle, et dorenavant ne soyez faciles à ces otieux et inutilles voyages. Entretenez voz familles, travaillez, chascun en sa vocation, instruez voz enfans, et vivez comme vous enseigne le bon apostre sainct Paoul. Ce faisans, vous aurez la garde de Dieu, des anges et des sainctz avecques vous, et n'y aura peste ny mal qui vous porte nuysance. »

Puis les mena Gargantua prendre leur refection en la salle; mais les pelerins ne faisoient que souspirer, et dirent à Gargantua :

« O que heureux est le pays qui a pour seigneur un tel homme! Nous sommes plus edifiez et instruictz en ces propos qu'il nous a tenu qu'en tous les sermons que jamais nous feurent preschez en nostre ville.

— C'est (dist Gargantua) ce que dict Platon, *lib. v. de Rep.* : que lors les republiques seroient heureuses quand les roys philosopheroient ou les philosophes regneroient. »

Puis leur feist emplir leurs bezaces de vivres, leurs bouteilles de vin, et à chascun donna cheval pour soy soulager au reste du chemin, et quelques carolus pour vivre.

Comment Grandgousier traicta humainement Toucquedillon prisonnier.

CHAPITRE XLVI

Toucquedillon fut presenté à Grandgousier et interrogé par icelluy sus l'entreprinze et affaires de Picrochole, quelle fin il pretendoit par ce tumultuaire vacarme. A quoy respondit que sa fin et sa destinée estoit de conquester tout le pays, s'il povoit, pour l'injure faicte à ses fouaciers.

« C'est (dist Grandgousier) trop entreprint : qui trop embrasse peu estrainct. Le temps n'est plus d'ainsi conquester les royaulmes avecques dommaige de son prochain frere christian. Ceste imitation des anciens Hercules, Alexandres, Hannibalz, Scipions, Cesars et aultres telz, est contraire à la profession de l'Evangile, par lequel nous est commandé guarder, saulver, regir et administrer chascun ses pays et terres, non hostilement envahir les aultres, et, ce que les Sarazins et Barbares jadis appelloient prouesses, maintenant nous appellons briguanderies et mechansetez. Mieulx eust il faict soy contenir en sa maison, royallement la gouvernant, que insulter en la mienne, hostillement la pillant; car par bien la gouverner l'eust augmentée, par me piller sera destruict.

« Allez vous en au nom de Dieu; suyvez bonne entreprinse; remonstrez à vostre roy les erreurs que congnoistrez, et jamais ne le conseillez ayant esgard à vostre profit particulier, car avecques le commun est aussy le propre perdu. Quand est de vostre ranczon, je vous la donne entierement, et veulx que vous soient rendues armes et cheval.

« Ainsi fault il faire entre voisins et anciens amys,

veu que ceste nostre difference n'est poinct guerre proprement, comme Platon, *li. v. de Rep.*, vouloit estre non guerre nommée, ains sedition, quand les Grecz meuvoient armes les ungs contre les aultres, ce que, si par male fortune advenoit, il commande qu'on use de toute modestie. Si guerre la nommez, elle n'est que superficiaire, elle n'entre poinct au profond cabinet de noz cueurs : car nul de nous n'est oultraigé en son honneur, et n'est question, en somme totale, que de rabiller quelque faulte commise par nos gens, j'entends et vostres et nostres, laquelle, encores que congneussiez, vous doibviez laisser couler oultre, car les personnages querelans estoient plus à contempner que à ramentevoir, mesmement leurs satisfaisant selon le grief, comme je me suis offert. Dieu sera juste estimateur de nostre different, lequel je supplye plus tost par mort me tollir de ceste vie et mes biens deperir davant mes yeulx, que par moy ny les miens en rien soit offensé. »

Ces parolles achevées, appella le moyne et davant tous luy demanda :

« Frere Jean, mon bon amy, estez vous qui avez prins le capitaine Toucquedillon icy present ?

— Syre (dist le moyne), il est present; il a eage et discretion; j'ayme mieulx que le sachez par sa confession que par ma parolle. »

Adoncques dist Toucquedillon :

« Seigneur, c'est luy veritablement qui m'a prins, et je me rends son prisonnier franchement.

— L'avez vous (dist Grandgousier au moyne) mis à rançon ?

— Non (dist le moyne). De cela je ne me soucie.

— Combien (dist Grandgousier) vouldriez vous de sa prinse ?

— Rien, rien (dist le moyne); cela ne me mène pas. »

Lors commenda Grandgousier que, present Toucquedillon, feussent contez au moyne soixante et deux mille saluz pour celle prinse, ce que feut faict ce pendent qu'on feist la collation au dict Toucquedillon, auquel demanda Grandgousier s'il vouloit demourer avecques luy, ou si mieulx aymoit retourner à son roy.

Toucquedillon respondit qu'il tiendroit le party lequel il luy conseilleroit.

« Doncques (dist Grandgousier) retournez à vostre roy, et Dieu soit avecques vous. »

Puis luy donna une belle espée de Vienne, avecques le fourreau d'or faict à belles vignettes d'orfeverie, et un collier d'or pesant sept cens deux mille marcz, garny de fines pierreries à l'estimation de cent soixante mille ducatz, et dix mille escuz par present honorable. Apres ces propos monta Toucquedillon sus son cheval. Gargantua, pour sa seureté, luy bailla trente hommes d'armes et six vingt archiers soubz la conduite de Gymnaste, pour le mener jusques es portes de La Roche Clermaud, si besoing estoit.

Icelluy departy, le moyne rendit à Grandgousier les soixante et deux mille salutz qu'il avoit repceu, disant : « Syre, ce n'est ores que vous doibvez faire telz dons. Attendez la fin de ceste guerre, car l'on ne sçait quelz affaires pourroient survenir, et guerre faicte sans bonne provision d'argent n'a q'un souspirail de vigueur. Les nerfz des batailles sont les pecunes.

— Doncques (dist Grandgousier) à la fin je vous contenteray par honneste recompense, et tous ceulx qui me auront bien servy. »

Comment Grandgousier manda querir ses legions, et comment Toucquedillon tua Hastiveau, puis fut tué par le commandement de Picrochole.

CHAPITRE XLVII

En ces mesmes jours, ceulx de Bessé, du Marché Vieux, du bourg Sainct Jacques, du Trainneau, de Parillé, de Riviere, des Roches Sainct Paoul, du Vaubreton, de Pautille, du Brehemont, du Pont de Clam, de Cravant, de Grandmont, des Bourdes, de La Ville au Mère, de Huymes, de Sergé, de Hussé, de Sainct Louant, de Panzoust, des Coldreaux, de Verron, de Coulaines, de Chosé, de Varenes, de Bourgueil, de L'Isle Boucard, du Croulay, de Narsy, de Cande, de Montsoreau et aultres lieux confins, envoierent devers Grandgousier ambassades pour luy dire qu'ilz estoient advertis des tordz que luy faisoit Picrochole, et, pour leur ancienne confederation, ilz luy offroient tout leur povoir, tant de gens que d'argent et aultres munitions de guerre.

L'argent de tous montoit, par les pactes qu'ilz luy avoient, six vingt quatorze millions deux escuz et demy d'or. Les gens estoient quinze mille hommes d'armes, trente et deux mille chevaux legiers, quatre vingtz neuf mille harquebousiers, cent quarante mille adventuriers, unze mille deux cens canons, doubles canons, basilicz et spiroles, pionniers quarante sept mille; le tout souldoyé et avitaillé pour six moys et quatre jours. Lequel offre Gargantua ne refusa ny accepta du tout; mais, grandement les remerciant, dist qu'il composeroit ceste guerre par tel engin que besoing ne seroit tant empescher de gens de bien. Seulement envoya qui ameneroit en ordre les legions, lesquelles entretenoit ordinairement en ses places de

La Deviniere, de Chaviny, de Gravot et Quinquenays, montant en nombre deux mille cinq cens hommes d'armes, soixante et six mille hommes de pied, vingt et six mille arquebuziers, deux cens grosses pieces d'artillerye, vingt et deux mille pionniers et six mille chevaulx legiers, tous par bandes tant bien assorties de leurs thesauriers, de vivandiers, de mareschaulx, de armuriers et aultres gens necessaires au trac de bataille, tant bien instruictz en art militaire, tant bien armez, tant bien recongnoissans et suivans leurs enseignes, tant soubdains à entendre et obeir à leurs capitaines, tant expediez à courir, tant fors à chocquer, tant prudens à l'adventure, que mieulx ressembloient une harmonie d'orgues et concordance d'horologe q'une armée ou gensdarmerie.

Toucquedillon, arrivé, se presenta à Picrochole et luy compta au long ce qu'il avoit et faict et veu. A la fin conseilloit, par fortes parolles, qu'on feist apoinctement avecques Grandgousier, lequel il avoit esprouvé le plus homme de bien du monde, adjoustant que ce n'estoit ny preu ny raison molester ainsi ses voisins, desquelz jamais n'avoient eu que tout bien, et, au reguard du principal, que jamais ne sortiroient de ceste entreprinse que à leur grand dommaige et malheur, car la puissance de Picrochole n'estoit telle que aisement ne les peust Grandgousier mettre à sac. Il n'eust achevé ceste parolle que Hastiveau dist tout hault :

« Bien malheureux est le prince qui est de telz gens servy, qui tant facilement sont corrompuz, comme je congnoys Toucquedillon, car je voy son couraige tant changé que voluntiers se feust adjoinct à noz ennemys pour contre nous batailler et nous trahir, s'ilz l'eussent voulu retenir; mais, comme vertus est de tous, tant amys que ennemys, louée et estimée, aussi meschanté est tost congneue et suspecte, et, posé que d'icelle les ennemys se servent à leur profit, si ont ilz tousjours les meschans et traistres en abhomination. »

A ces parolles, Toucquedillon, impatient, tyra son espée et en transperça Hastiveau un peu au dessus de la mammelle guauche, dont mourut incontinent; et, tyrant son coup du corps, dist franchement :

« Ainsi perisse qui feaulx serviteurs blasmera! »

Picrochole soubdain entra en fureur et, voyant l'espée et fourreau tant diapré, dist :

« Te avoit on donné ce baston pour en ma presence tuer malignement mon tant bon amy Hastiveau ? »

Lors commenda à ses archiers qu'ilz le meissent en pieces, ce que feut faict sus l'heure tant cruellement que la chambre estoit toute pavée de sang; puis feist honorablement inhumer le corps de Hastiveau, et celluy de Toucquedillon getter par sus les murailles en la vallée.

Les nouvelles de ces oultraiges feurent sceues par toute l'armée, dont plusieurs commencerent murmurer contre Picrochole, tant que Grippepinault luy dist :

« Seigneur, je ne sçay quelle yssue sera de ceste entreprinse. Je voy voz gens peu confermés en leurs couraiges. Ilz considerent que sommes icy mal pourveuz de vivres, et jà beaucoup diminuez en nombre par deux ou troys yssues. Davantaige, il vient grand renfort de gens à vos ennemys. Si nous sommes assiegez une foys, je ne voy poinct comment ce ne soit à nostre ruyne totale.

— Bren, bren! dist Picrochole; vous semblez les anguillez de Melun : vous criez davant qu'on vous escorche. Laissés les seulement venir. »

Comment Gargantua assaillit Picrochole dedans La Roche Clermaud, et defist l'armée dudict Picrochole.

CHAPITRE XLVIII

Gargantua eut la charge totale de l'armée. Son pere demoura en son fort, et, leur donnant couraige par bonnes parolles, promist grandz dons à ceulx qui feroient quelques prouesses. Puis gaignerent le gué de Vede et, par basteaulx et pons legierement faictz, passerent oultre d'une traicte. Puis, considerant l'assiete de la ville, que estoit en lieu hault et adventageux, delibera celle nuyct sus ce qu'estoit de faire. Mais Gymnaste luy dist :

« Seigneur, telle est la nature et complexion des Françoys que ilz ne valent que à la premiere poincte. Lors ils sont pires que diables, mais, s'ilz sejournent, ilz sont moins que femmes. Je suis d'advis que à l'heure presente, apres que voz gens auront quelque peu respiré et repeu, faciez donner l'assault. »

L'advis feut trouvé bon. Adoncques produict toute son armée en plain camp, mettant les subsides du cousté de la montée. Le moyne print avecques luy six enseignes de gens de pied et deux cens hommes d'armes, et en grande diligence traversa les marays, et gaingna au dessus le Puy jusques au grand chemin de Loudun.

Ce pendent l'assault continuoit. Les gens de Picrochole ne sçavoient si le meilleur estoit sortir hors et les recepvoir, ou bien guarder la ville sans bouger. Mais furieusement sortit avecques quelque bande d'hommes d'armes de sa maison, et là feut receu et festoyé à grandz coups de canon qui gresloient devers les coustaux, dont les Gargantuistes se retirerent au val pour mieulx donner lieu à l'artillerye. Ceulx de la ville defendoient le mieulx que povoient, mais les traictz passoient oultre par dessus sans nul ferir. Aulcuns de la bande, saulvez de l'artillerie, donnerent fierement sus nos gens, mais peu profiterent, car tous feurent repceuz entre les ordres, et là ruez par terre. Ce que voyans, se vouloient retirer; mais ce pendent le moyne avoit occupé le passaige, par quoy se mirent en fuyte sans ordre ny maintien. Aulcuns vouloient leur donner la chasse, mais le moyne les retint, craignant que, suyvant les fuyans, perdissent leurs rancz et que sus ce poinct ceulx de la ville chargeassent sus eulx. Puis, attendant quelque espace et nul ne comparant à l'encontre, envoya le duc Phrontiste pour admonnester Gargantua à ce qu'il avanceast pour gaigner le cousteau à la gauche, pour empescher la retraicte de Picrochole par celle porte. Ce que feist Gargantua en toute diligence, et y envoya quatre legions de la compaignie de Sebaste; mais si tost ne peurent gaigner le hault qu'ilz ne rencontrassent en barbe Picrochole et ceulx qui avecques luy s'estoient espars. Lors chargerent sus roiddement, toutesfoys grandement feurent endommaigez par ceulx qui estoient sus les murs, en coupz de traict et artillerie. Quoy voyant, Gargantua en grande puissance alla les secourir et commença son artillerie à hurter sus ce quartier de murailles, tant que toute la force de la ville y feut revocquée.

Le moyne, voyant celluy cousté, lequel il tenoit assiegé, denué de gens et guardes, magnanimement tyra vers le fort et tant feist qu'il monta sus luy, et aulcuns de ses gens, pensant que plus de crainte et de frayeur donnent ceulx qui surviennent à un conflict que ceulx qui lors à leur force combattent. Toutesfoys ne feist oncques effroy jusques à ce que tous les siens eussent guaigné la muraille, excepté les deux cens hommes d'armes qu'il laissa hors pour les hazars. Puis s'escria horriblement, et les siens ensemble, et sans resistence tuerent les guardes d'icelle porte et la ouvrirent es hommes d'armes, et en toute fiereté coururent ensemble vers la porte de l'Orient, où estoit le desarroy, et par derriere renverserent toute leur force. Voyans les assiegez de tous coustez et les Gargantuistes avoir gaigné la ville, se rendirent au moyne à mercy. Le moyne leurs feist rendre les bastons et armes, et tous retirer et reserrer par les eglises, saisissant tous les bastons des croix et commettant gens es portes pour les garder de yssir; puis, ouvrant celle porte orientale, sortit au secours de Gargantua.

Mais Picrochole pensoit que le secours luy venoit de la ville, et par oultrecuidance se hazarda plus que devant, jusques à ce que Gargantua s'escrya :

« Frere Jean, mon amy, Frere Jean, en bon heure, soyez venu. »

Adoncques, congnoissant Picrochole et ses gens que tout estoit desesperé, prindrent la fuyte en tous endroictz. Gargantua les poursuyvit jusques pres Vaugaudry, tuant et massacrant, puis sonna la retraicte.

Comment Picrochole fuiant feut surprins de males fortunes, et ce que feit Gargantua apres la bataille.

CHAPITRE XLIX

Picrochole, ainsi desesperé, s'en fuyt vers l'Isle Bouchart, et au chemin de Riviere son cheval bruncha par terre, à quoy tant feut indigné que de son espée le tua en sa chole. Puis, ne trouvant personne qui le remontast, voulut prendre un asne du moulin qui là aupres estoit; mais les meusniers le meurtrirent tout de coups et le destrousserent de ses habillemens, et luy baillerent pour soy couvrir une meschante sequenye.

Ainsi s'en alla le pauvre cholericque; puis, passant l'eau au Port Huaux et racontant ses males fortunes, feut advisé par une vieille lourpidon que son royaulme luy seroit rendu à la venue des cocquecigrues. Depuis ne sçait on qu'il est devenu. Toutesfoys l'on m'a dict qu'il est de present pauvre gaignedenier à Lyon, cholere comme davant, et tousjours se guemente à tous estrangiers de la venue des cocquecigrues, esperant certainement, scelon la prophetie de la vieille, estre à leur venue reintegré à son royaulme.

Apres leur retraicte, Gargantua premierement recensa les gens et trouva que peu d'iceulx estoient peryz en la bataille, sçavoir est quelques gens de pied de la bande du capitaine Tolmere, et Ponocrates qui avoit un coup de harquebouze en son pourpoinct. Puis les feist refraischer, chascun par sa bande, et commanda es thesauriers que ce repas leur feust defrayé et payé et que l'on ne feist oultrage quelconques en la ville, veu qu'elle estoit sienne, et apres leur repas ilz comparussent en la place davant le chasteau, et là seroient payez pour six moys; ce que feu faict. Puis feist convenir davant soy en ladicte place tous ceulx qui là restoient de la part de Picrochole, esquelz, presens tous ses princes et capitaines, parla comme s'ensuyt :

La contion que feist Gargantua es vaincus.

CHAPITRE L

Nos peres, ayeulx et ancestres de toute memoyre ont esté de ce sens et ceste nature que des batailles par eulx consommées ont, pour signe memorial des triumphes et victoires, plus voluntiers erigé trophées et monumens es cueurs des vaincuz par grace que, es terres par eulx conquestées, par architecture : car plus estimoient la vive souvenance des humains acquise par liberalité que la mute inscription des arcs, colomnes et pyramides, subjecte es calamitez de l'air et envie d'un chascun.

Souvenir assez vous peut de la mansuetude dont ilz userent envers les Bretons à la journée de Sainct Aubin du Cormier et à la demolition de Parthenay. Vous avez entendu et, entendent, admirez le bon traictement qu'il feirent es barbares de Spagnola, qui avoient pillé, depopulé et saccaigé les fins maritimes de Olone et Thalmondoys.

Tout ce ciel a esté remply des louanges et gratulations que vous mesmes et vos peres feistes lorsque Alpharbal, roy de Canarre, non assovy de ses fortunes, envahyt furieusement le pays de Onys, exercent la piraticque en toutes les isles Armoricques et regions confines. Il feut en juste bataille navale prins et vaincu de mon pere, auquel Dieu soit garde et protecteur. Mais quoy ? Au cas que les aultres roys et empereurs, voyre qui se font nommer catholicques, l'eussent miserablement traicté, durement emprisonné et rançonné extremement, il le traicta courtoisement, amiablement, le logea avecques soy en son palays, et par incroyable debonnaireté le renvoya en saufconduyt, chargé de dons, chargé de graces, chargé de toutes offices d'amytié. Qu'en est il advenu ? Luy, retourné en ses terres, feist assembler tous les princes et estatz de son royaulme, leurs exposa l'humanité qu'il avoit en nous congneu, et les pria sur ce deliberer en façon que le monde y eust exemple, comme avoit jà en nous de gracieuseté honeste, aussi en eulx de honesteté gracieuse. Là feut decreté par consentement unanime que l'on offreroit entierement leurs terres, dommaines et royaulme, à en faire selon nostre arbitre. Alpharbal, en propre personne, soubdain retourna avecques neuf mille trente et huyt grandes naufz oneraires, menant non seulement les thesors de sa maison et lignée royalle, mais presque de tout le pays; car, soy embarquant pour faire voille au Vent vesten Nordest, chascun à la foulle gettoit dedans icelle or, argent, bagues, joyaulx, espiceries, drogues et odeurs aromaticques, papegays, pelicans, guenons, civettes, genettes, porcz espicz. Poinct n'estoit filz de bonne mere reputé qui dedans ne gettast ce que avoit de singulier. Arrivé que feut, vouloit baiser les piedz de mondict pere; le faict fut estimé indigne et ne feut toleré, ains fut embrassé socialement. Offrit ses presens; ilz ne feurent receupz par trop estre excessifz. Se donna mancipe et serf voluntaire, soy et sa postérité; ce ne feut accepté par ne sembler equitable. Ceda par le decret des estatz ses terres et royaulme, offrant la transaction et transport, signée, seellé et ratifié de tous ceulx qui faire le debvoient; ce fut totalement refusé, et les contractz gettés au feu. La fin feut que mon dict pere commença lamenter de pitié et pleurer copieusement, considerant le franc vouloir et simplicité des Canarriens, et par motz exquis et sentences congrues diminuoit le bon tour qu'il leur avoit faict, disant ne leur avoit faict bien qui feut à l'estimation d'un bouton, et, si rien d'honnesteté leur avoir monstré, il estoit tenu de ce faire. Mais tant plus l'augmentoit Alpharbal. Quelle feut l'yssue ? En lieu que pour sa rançon, prinze à toute extremité, eussions peu tyrannicquement exiger vingt foys cent mille escutz et retenir pour houstaigers ses enfants aisnez, ilz se sont faictz tributaires perpetuelz et obligez nous bailler par chascun an deux millions d'or affiné à vingt quatre karatz. Ilz nous feurent l'année premiere icy payez; la seconde, de franc vouloir, en paierent xxiij cens mille escuz, la tierce xxvj cens mille, la quarte troys millions, et tant tousjours croissent de leur bon gré que serons contrainctz leur inhiber de rien plus nous apporter. C'est la nature de gratuité, car le temps, qui toutes choses ronge et diminue, augmente et accroist les biensfaictz, parce q'un bon tour liberalement faict à homme de raison croist continuement par noble pensée et remembrance.

Ne voulant doncques aulcunement degenerer de la debonnaireté hereditaire de mes parens, maintenant je vous absoluz et delivre, et vous rends francs et liberes comme par avant. D'abondant, serez à l'yssue des portes payez, chascun pour troys moys, pour vous pouvoir retirer en vos maisons et familles, et vous conduiront en saulveté six cens hommes d'armes et huyct mille hommes de pied, soubz la conduicte de mon escuyer Alexandre, affin que par les païsans ne soyez oultragez. Dieu soit avecques vous!

Je regrette de tout mon cueur que n'est icy Picrochole, car je luy eusse donné à entendre que sans mon vouloir, sans espoir de accroistre ny mon bien ny mon nom, estoit faicte ceste guerre. Mais, puis qu'il est esperdu et ne sçayt on où ny comment est esvanouy, je veulx que son royaulme demeure entier à son filz, lequel, parce qu'est par trop bas d'eage (car il n'a encores cinq ans accomplyz), sera gouverné et instruict par les anciens princes et gens sçavans du royaulme. Et, par autant q'un royaulme ainsi desolé seroit facilement ruiné, si on ne refrenoit la convoytise et avarice des administrateurs d'icelluy, je ordonne et veux que Ponocrates soit sus tous ses gouverneurs entendant avecques auctorité à ce requise, et assidu avecques l'enfant jusques à ce qu'il le congnoistra idoine de povoir par soy regir et regner.

Je considere que facilité trop enervée et dissolue de pardonner es malfaisans leur est occasion de plus legierement derechief mal faire par ceste pernicieuse confiance de grace.

Je considere que Moyse, le plus doulx homme qui de son temps feust sus la terre, aigrement punissoit les mutins et seditieux au peuple de Israel.

Je considere que Jules Cesar, empereur tant debonnaire que de luy dict Ciceron que sa fortune rien plus souverain n'avoit sinon qu'il pouvoit, et sa vertus meilleur n'avoit sinon qu'il vouloit tousjours sauver et pardonner à un chascun; icelluy toutesfois, ce non obstant, en certains endroictz punit rigoureusement les aucteurs de rebellion.

A ces exemples je veulx que me livrez avant le departir : premierement ce beau Marquet, qui a esté source et cause premiere de ceste guerre par sa vaine oultrecuidance; secondement ses compaignons fouaciers, qui feurent negligens de corriger sa teste folle sus l'instant; et finablement tous les conseillers, capitaines, officiers et domestiques de Picrochole, lesquelz le auroient incité, loué ou conseillé de sortir ses limites pour ainsi nous inquieter.

Comment les victeurs Gargantuistes feurent recompensez apres la bataille.

CHAPITRE LI

Ceste concion faicte par Gargantua, feurent livrez les seditieux par luy requis, exceptez Spadassin, Merdaille et Menuail, lesquelz estoient fuyz six heures davant la bataille, l'un jusques au col de Laignel, d'une traicte, l'aultre jusques au val de Vyre, l'aultre jusques à Logroine, sans derriere soy reguarder ny prandre alaine par chemin, et deux fouaciers, lesquelz perirent en la journée. Aultre mal ne leurs feist Gargantua, sinon qu'il les ordonna pour tirer les presses à son imprimerie, laquelle il avoit nouvellement instituée.

Puis ceulx qui là estoient mors il feist honorablement inhumer en la vallée des Noirettes et au camp de Bruslevieille. Les navrés ils feist panser et traicter en son grand nosocome. Apres advisa es dommaiges faictz en la ville et habitans, et les feist rembourcer de tous leurs interestz à leur confession et serment, et y feist bastir un fort chasteau, y commettant gens et guet pour à l'advenir mieulx soy defendre contre les soubdaines esmeutes.

Au departir, remercia gratieusement tous les soubdars de ses legions qui avoient esté à ceste defaicte, et les renvoya hyverner en leurs stations et guarnisons, exceptez aulcuns de la legion decumane, lesquelz il avoit veu en la journée faire quelques prouesses, et les capitaines des bandes, lesquelz il amena avecques soy devers Grandgousier.

A la veue et venue d'iceulx, le bon homme feut tant joyeux que possible ne seroit le descripre. Adonc leurs feist un festin, le plus magnificque, le plus abundant et plus delitieux que feust veu depuis le temps du roy Assuere. A l'issue de table, il distribua à chascun d'iceulx tout le parement de son buffet, qui estoit au poys de dis huyt cent mille quatorze bezans d'or en grands vases d'antique, grands poutz, grans bassins, grands tasses, couppes, potetz, candelabres, calathes, nacelles, violiers, drageouoirs et aultre telle vaisselle, toute d'or massif, oultre la pierrerie, esmail et ouvraige, qui, par estime de tous, excedoit en pris la matiere d'iceulx. Plus, leurs feist comter de ses coffres à chascun douze cens mille escutz contens, et d'abundant à chascun d'iceulx donna à perpetuité (excepté s'ilz mouroient sans hoirs) ses chasteaulx et terres voizines, selon que plus leurs estoient commodes : à Ponocrates donna La Roche Clermaud, à Gymnaste Le Couldray, à Eudemon Montpensier, Le Rivau à Tolmere, à Ithybole Montsoreau, à Acamas Cande, Varenes à Chironacte, Gravot à Sebaste, Quinquenays à Alexandre, Ligré à Sophrone, et ainsi de ses aultres places.

Comment Gargantua feist bastir pour le moyne l'abbaye de Theleme.

CHAPITRE LII

Restoit seulement le moyne à pourvoir, lequel Gargantua vouloit faire abbé de Seuillé, mais il le refusa. Il luy voulut donner l'abbaye de Bourgueil ou de Sainct Florent, laquelle mieulx luy duiroit, ou toutes deux s'il les prenoit à gré; mais le moyne luy fist responce peremptoire que de moyne il ne vouloit charge ny gouvernement :

« Car comment (disoit il) pourroy je gouverner aultruy, qui moy mesmes gouverner ne sçaurois ? Si vous semble que je vous aye faict et que puisse à l'advenir faire service agreable, oultroyez moy de fonder une abbaye à mon devis. »

La demande pleut à Gargantua, et offrit tout son pays de Theleme, jouste la riviere de Loyre, à deux lieues de la grande forest du Port Huault, et requist à Gargantua qu'il instituast sa religion au contraire de toutes aultres.

« Premierement doncques (dist Gargantua) il n'y fauldra jà bastir murailles au circuit, car toutes aultres abbayes sont fierement murées.

— Voyre (dist le moyne), et non sans cause : où mur y a et davant et derriere, y a force murmur, envie et conspiration mutue. »

Davantaige, veu que en certains convents de ce monde est en usance que, si femme aulcune y entre (j'entends des preudes et pudicques), on nettoye la place par laquelle elles ont passé, feut ordonné que, si religieux ou religieuse y entroit par cas fortuit, on nettoiroit curieusement tous les lieulx par lesquelz auroient passé. Et parce que es religions de ce monde tout est compassé, limité et reiglé par heures, feut decreté que là ne seroit horrologe ny quadrant aulcun, mais selon les occasions et oportunitez seroient toutes les œuvres dispensées; car (disoit Gargantua) la plus vraye perte du temps qu'il sceust estoit de compter les heures — quel bien en vient il ? — et la plus grande resverie du monde estoit soy gouverner au son d'une cloche, et non au dicté de bon sens et entendement. Item, parce qu'en icelluy temps on ne mettoit en religion des femmes sinon celles que estoient borgnes, boyteuses, bossues, laydes, defaictes, folles, insensées, maleficiées et tarées, ny les hommes, sinon catarrez, mal nez, niays et empesche de maison.

« A propos (dist le moyne), une femme, qui n'est ny belle ny bonne, à quoy vault toille ?

— A mettre en religion, dist Gargantua.

— Voyre (dist le moyne), et à faire des chemises. »

Feut ordonné que là ne seroient repceues sinon les belles, bien formées et bien naturées, et les beaulx, bien formez et bien naturez.

Item, parce que es conventz des femmes ne entroient les hommes sinon à l'emblée et clandestinement, feut decreté que jà ne seroient là les femmes au cas que n'y feussent les hommes, ny les hommes en cas que n'y feussent les femmes.

Item, parce que tant hommes que femmes, une foys repceuez en religion, apres l'an de probation estoient forçez et astrinctz y demeurer perpetuellement leur vie durante, feust estably que tant hommes que femmes là repceuz sortiroient quand bon leurs sembleroit, franchement et entierement.

Item, parce que ordinairement les religieux faisoient troys veuz, sçavoir est de chasteté, pauvreté et obedience, fut constitué que là honorablement on peult estre marié, que chascun feut riche et vesquist en liberté.

Au reguard de l'eage legitime, les femmes y estoient repceues depuis dix jusques à quinze ans, les hommes depuis douze jusques à dix et huict.

Comment feust bastie et dotée l'abbaye des Thelemites.

CHAPITRE LIII

Pour le bastiment et assortiment de l'abbaye, Gargantua feist livrer de content vingt et sept cent mille huyt cent trente et un mouton à la grand laine, et par chascun an, jusques à ce que le tout feust parfaict, assigna, sus la recepte de la Dive, seze cent soixante et neuf mille escuz au soleil, et autant à l'estoille poussiniere. Pour la fondation et entretenement d'icelle donna à perpetuité vingt troys cent soixante neuf mille cinq cens quatorze nobles à la rose de rente fonciere, indemnez, amortyz, et solvables par chascun an à la porte de l'abbaye, et de ce leurs passa belles lettres.

Le bastiment feut en figures exagone, en telle façon que à chascun angle estoit bastie une grosse tour ronde à la capacité de soixante pas en diametre, et estoient toutes pareilles en grosseur et protraict. La riviere de Loyre decoulloit sus l'aspect de septentrion. Au pied d'icelle estoit une des tours assise, nommée Artice, et, tirant vers l'Orient, estoit une aultre nommée Calaer, l'aultre ensuivant Anatole, l'aultre apres Mesembrine, l'aultre apres Hesperie, la derniere Cryere. Entre chascune tour estoit espace de troys cent douze pas. Le tout basty à six estages, comprenent les caves soubz terre pour un. Le second estoit voulté à la forme d'une anse de panier; le reste estoit embrunché de guy de Flandres à forme de culz de lampes, le dessus couvert d'ardoize fine, avec l'endousseure de plomb à figures de petitz manequins et animaulx bien assortiz et dorez, avec les goutieres que yssoient hors la muraille, entre les croyzées, pinctes en figure diagonale de or et azur, jusques en terre, où finissoient en grands eschenaulx qui tous conduisoient en la riviere par dessoubz le logis.

Ledict bastiment estoit cent foys plus magnificque que n'est Bonivet, ne Chambourg, ne Chantilly; car en ycelluy estoient neuf mille troys cens trente et deux chambres, chascune guarnie de arriere chambre, cabinet, guarde robbe, chapelle, et yssue en une grande salle. Entre chascune tour, au mylieu dudict corps de logis, estoit une viz brisée dedans icelluy mesmes corps, de laquelle les marches estoient part de porphyre, part de pierre Numidicque, part de marbre serpentin, longues de xxij piedz; l'espesseur estoit de troys doigtz, l'assiete par nombre de douze entre chascun repous. En chascun repous estoient deux beaulx arceaux d'antique par lesquelz estoit repceu la clarté, et par iceulx on entroit en un cabinet faict à clere voys, de largeur de ladicte viz. Et montoit jusques au dessus la couverture, et là finoit en pavillon. Par icelle viz on entroit de chascun cousté en une grande salle, et des salles es chambres.

Depuis la tour Artice jusques à Cryere estoient les belles grandes librairies, en Grec, Latin, Hebrieu, Françoys, Tuscan et Hespaignol, disparties par les divers estaiges selon iceulx langaiges.

Au mylieu estoit une merveilleuse viz, de laquelle l'entrée estoit par le dehors du logis en un arceau large de six toizes. Icelle estoit faicte en telle symmetrie et capacité que six hommes d'armes, la lance sus la cuisse, povoient de front ensemble monter jusques au dessus de tout le bastiment.

Depuis la tour Anatole jusques à Mesembrine estoient belles grandes galleries, toutes pinctes des antiques prouesses, histoires et descriptions de la terre. Au milieu estoit une pareille montée et porte comme avons dict du cousté de la riviere. Sus icelle porte estoit escript, en grosses lettres antiques, ce que s'ensuit :

Inscription mise sus la grande porte de Theleme.

CHAPITRE LIV

Cy n'entrez pas, hypocrites, bigotz,
Vieulx matagotz, marmiteux, borsouflez,
Torcoulx, badaulx, plus que n'estoient les Gotz
Ny Ostrogotz, precurseurs des magotz;
Haires, cagotz, caffars empantouflez,
Gueux mitouflez, frapars escorniflez,
Befflez, enflez, fagoteurs de tabus,
Tirez ailleurs pour vendre voz abus.

Voz abus meschans
Rempliroient mes camps
De meschanceté
Et par faulseté
Troubleroient mes chants
Vos abus meschans.

Cy n'entrez pas, maschefains practiciens,
Clers, basauchiens, mangeurs du populaire,
Officiaulx, scribes et pharisiens,
Juges anciens, qui les bons parroiciens
Ainsi que chiens mettez au capulaire.
Vostre salaire est au patibulaire :
Allez y braire; icy n'est faict exces,
Dont en voz cours on deust mouvoir proces.

Proces et debatz
Peu font cy d'ebatz,
Où l'on vient s'esbatre;
A vous pour debatre
Soient en pleins cabatz
Proces et debatz.

Cy n'entrez pas, vous, usuriers chichars,
Briffaulx, leschars qui tousjours amassez,
Grippeminaulx, avalleurs de frimars,
Courbez, camars, qui en vous coquemars
De mille marcs jà n'auriez assez;
Poinct esguassez n'estes, quand cabassez
Et entassez, poiltrons à chiche face;
La male mort en ce pas vous deface.

Face non humaine
De telz gens qu'on maine
Raire ailleurs : ceans
Ne seroit seans;
Vuidez ce dommaine,
Face non humaine.

Cy n'entrez pas, vous, rassotez mastins,
Soirs ny matins, vieux chagrins et jaloux;
Ny vous aussi, seditieux, mutins,
Larves, lutins, de Dangier palatins,
Grecz ou Latins, plus à craindre que loups;
Ny vous, gualous, verollez jusque à l'ous :
Portez voz loups ailleurs paistre en bonheur,
Croustelevez, remplis de deshonneur.

Honneur, los, deduict,
Ceans est deduict
Par joyeux acords;
Tous sont sains au corps;
Par ce bien leur dict
Honneur, los, deduict.

Cy entrez, vous, et bien soyez venuz
Et parvenuz, tous nobles chevaliers!
Cy est le lieu où sont les revenuz
Bien advenuz, affin que entretenuz,
Grands et menuz, tous soyez à milliers.
Mes familiers serez et peculiers,
Frisques, gualliers, joyeux, plaisans, mignons,
En general tous gentilz compaignons.

Compaignons gentilz,
Serains et subtilz,
Hors de vilité,
De civilité

Cy sont les oustilz,
Compaignons gentilz.

Cy entrez, vous, qui le sainct Evangile
En sens agile annoncez, quoy qu'on gronde :
Ceans aurez un refuge et bastille
Contre l'hostile erreur, qui tant postille
Par son faulx stile empoizonner le monde;
Entrez, qu'on fonde icy la foy profonde,
Puis qu'on confonde, et par voix et par rolle,
Les ennemys de la saincte parolle!

La parolle saincte
Jà ne soit extaincte
En ce lieu tres sainct;
Chascun en soit ceinct;
Chascune ayt enceincte
La parolle saincte.

Cy entrez, vous, dames de hault paraige!
En franc couraige entrez y en bon heur,
Fleurs de beaulté à celeste visaige,
A droict corsaige, à maintien prude et saige :
En ce passaige est le sejour d'honneur.
Le hault seigneur, qui du lieu fut donneur
Et guerdonneur, pour vous l'a ordonné,
Et pour frayer à tout prou or donné.

Or donné par don
Ordonne pardon
A cil qui le donne,
Et tres bien guerdonne
Tout mortel preud'hom
Or donné par don.

Comment estoit le manoir des Thelemites.

CHAPITRE LV

Au milieu de la basse court estoit une fontaine magnificque de bel alabastre, au dessus les troys Graces avecques cornes d'abondance, et gettoient l'eau par les mamelles, bouche, aureilles, yeulx et aultres ouvertures du corps.

Le dedans du logis sus ladicte basse court estoit sus gros pilliers de cassidoine et porphyre, à beaulx ars d'antique, au dedans desquelz estoient belles gualeries, longues et amples, aornées de pinctures et cornes de cerfz, licornes, rhinoceros, hippopotames, dens de elephans et aultres choses spectables.

Le logis des dames comprenoit depuis la tour Artice jusques à la porte Mesembrine. Les hommes occupoient le reste. Devant ledict logis des dames, affin qu'elles eussent l'esbatement, entre les deux premieres tours, au dehors, estoient les lices, l'hippodrome, le theatre et natatoires, avecques les bains mirificques à triple solier, bien garniz de tous assortemens et foyzon d'eau de myre.

Jouxte la riviere estoit le beau jardin de plaisance; au millieu d'icelluy le beau labirynte. Entre les deux aultres tours estoient les jeux de paulme et de grosse balle. Du cousté de la tour Cryere estoit le vergier, plein de tous arbres fructiers, toutes ordonnées en ordre quincunce. Au bout estoit le grand parc, foizonnant en toute sauvagine.

Entre les tierces tours estoient les butes pour l'arquebuse, l'arc et l'arbaleste; les offices hors la tour Hesperie, à simple estaige; l'escurye au delà des offices;

la faulconnerie au davant d'icelles, gouvernée par asturciers bien expers en l'art, et estoit annuellement fournie par les Candiens, Venitiens et Sarmates de toutes sortes d'oiseaux paragons : aigles, gerfaulx, autours, sacres, laniers, faulcons, esparviers, esmerillons et aultres, tant bien faictz et domesticquez que, partans du chasteau pour s'esbatre es champs, prenoient tout ce que rencontroient. La venerie estoit un peu plus loing, tyrant vers le parc.

Toutes les salles, chambres et cabinetz estoient tapissez en diverses sortes, selon les saisons de l'année. Tout le pavé estoit couvert de drap verd. Les lictz estoient de broderie. En chascune arriere chambre estoit un miroir de christallin enchassé en or fin, au tour garny de perles, et estoit de telle grandeur qu'il povoit veritablement representer toute la personne. A l'issue des salles du logis des dames, estoient les parfumeurs et testonneurs, par les mains desquelz passoient les hommes quand ilz visitoient les dames. Iceulx fournissoient par chascun matin les chambres des dames d'eau rose, d'eau de naphe et d'eau d'ange, et à chascune la precieuse cassollette, vaporante de toutes drogues aromatiques.

Comment estoient vestuz les religieux et religieuses de Theleme.

CHAPITRE LVI

Les dames, au commencement de la fondation, se habilloient à leur plaisir et arbitre. Depuis feurent reforméez par leur franc vouloir en la façon que s'ensuyt :

Elles portoient chausses d'escarlatte ou de migraine, et passoient lesdictes chausses le genoul au dessus par troys doigtz justement, et ceste liziere estoit de quelques belles broderies et descoupeures. Les jartieres estoient de la couleur de leurs bracelletz et comprenoient le genoul au dessus et dessoubz. Les souliers escarpins, et pantoufles, de velours cramoizi, rouge ou violet, deschicquettées à barbe d'escrevisse.

Au dessus de la chemise vestoient la belle vasquine de quelque beau camelot de soye. Sus icelle vestoient la verdugale de tafetas blanc, rouge, tanné, grys, etc., au dessus la cotte de tafetas d'argent, faict à broderies de fin or et à l'agueille entortillé, ou, selon que bon leur sembloit et correspondent à la disposition de l'air, de satin, damas, velours, orangé, tanné, verd, cendré, bleu, jaune clair, rouge, cramoyzi, blanc, drap d'or, toille d'argent, de canetille, de brodure, selon les festes.

Les robbes, selon la saison, de toille d'or à frizure d'argent, de satin rouge couvert de canetille d'or, de tafetas blanc, bleu, noir, tanné, sarge de soye, camelot de soye, velours, drap d'argent, toille d'argent, or traict, velours ou satin porfilé d'or en diverses protraictures.

En esté, quelques jours, en lieu de robbes portoient belles marlottes, des parures susdictes, ou quelques bernes à la moresque, de velours violet à frizure d'or sus canetille d'argent, ou à cordelieres d'or, guarnies aux rencontres de petites perles Indicques. Et tousjours le beau panache, scelon les couleurs des manchons, et bien guarny de papillettes d'or. En hyver, robbes de tafetas des couleurs comme dessus, fourrées de loups cerviers, genettes noires, martres de Calabre, zibelines, et aultres fourrures precieuses.

Les patenostres, anneaulx, jazerans, carcans estoient de fines pierreries, escarboucles, rubys, balays, diamans, saphiz, esmeraudes, turquoyzes, grenatz, agathes, berilles, perles et unions d'excellence.

L'acoustrement de la teste estoit selon le temps : en hyver à la mode Françoyse, au printemps à l'Espagnole, en esté à la Tusque, exceptez les festes et dimanches, esquelz portoient accoustrement Françoys, parce qu'il est plus honoiable et mieulx sent la pudicité matronale.

Les hommes estoient habillez à leur mode : chausses, pour le bas, d'estamet ou serge drapée, d'escarlatte, de migraine, blanc ou noir ; les hault de velours d'icelles couleurs, ou bien pres approchantes, brodées et deschicquetées selon leur invention ; le pourpoint de drap d'or, d'argent, de velours, satin, damas, tafetas, de mesmes couleurs, deschicquettés, broudez et acoustrez en paragon ; les aguillettes de soye de mesmes couleurs ; les fers d'or bien esmaillez ; les sayez et chamarres de drap d'or, toille d'or, drap d'argent, velours porfilé à plaisir ; les robbes autant precieuses comme des dames ; les ceinctures de soye, des couleurs du pourpoinct ; chascun la belle espée au cousté, la poignée dorée, le fourreau de velours de la couleur des chausses, le bout d'or et de orfevrerie ; le poignart de mesmes ; le bonnet de velours noir, garny de force bagues et boutons d'or ; la plume blanche par dessus, mignonnement partie à paillettes d'or, au bout desquelles pendoient en papillettes beaulx rubiz, esmerauldes, etc.

Mais telle sympathie estoit entre les hommes et les femmes que par chascun jour ilz estoient vestuz de semblable parure, et, pour à ce ne faillir, estoient certains gentils hommes ordonnez pour dire es hommes, par chascun matin, quelle livrée les dames vouloient en icelle journée porter, car le tout estoit faict selon l'arbitre des dames.

En ces vestemens tant propres et accoustremens tant riches ne pensez que eulx ny elles perdissent temps aulcun, car les maistres des garderobbes avoient toute la vesture tant preste par chascun matin, et les dames de chambre tant bien estoient aprinses que en un moment elles estoient prestes et habillez de pied en cap. Et, pour iceulx acoustremens avoir en meilleur oportunité, au tour du boys de Theleme estoit un grand corps de maison long de demye lieue, bien clair et assorty, en laquelle demouroient les orfevres, lapidaires, brodeurs, tailleurs, tireurs d'or, veloutiers, tapissiers et aultelissiers, et là œuvroient chascun de son mestier, et le tout pour les susdictz religieux et religieuses. Iceulx estoient fourniz de matiere et estoffe par les mains du seigneur Nausiclete, lequel par chascun an leurs rendoit sept navires des isles de Perlas et Canibales, chargées de lingotz d'or, de soye crue, de perles et pierreries. Si quelques unions tendoient à vetusté et changeoient de naïfve blancheur, icelles par leur art renouvelloient en les donnant à manger à quelques beaulx cocqs, comme on baille cure es faulcons.

Comment estoient reiglez les Thelemites à leur maniere de vivre.

CHAPITRE LVII

Toute leur vie estoit employée non par loix, statuz ou reigles, mais selon leur vouloir et franc arbitre. Se levoient du lict quand bon leur sembloit, beuvoient, mangeoient, travailloient, dormoient quand le desir leur venoit; nul ne les esveilloit, nul ne les parforceoit ny à boyre, ny à manger, ny à faire chose aultre quelconques. Ainsi l'avoit estably Gargantua. En leur reigle n'estoit que ceste clause :

FAY CE QUE VOULDRAS,

parce que gens liberes, bien nez, bien instruictz, conversans en compaignies honnestes, ont par nature un instinct et aguillon qui tousjours les poulse à faictz vertueux et retire de vice, lequel ilz nommoient honneur. Iceulx, quand par vile subjection et contraincte sont deprimez et asserviz, detournent la noble affection, par laquelle à vertuz franchement tendoient, à deposer et enfraindre ce joug de servitude; car nous entreprenons tousjours choses defendues et convoitons ce que nous est denié.

Par ceste liberté entrerent en louable emulation de faire tous ce que à un seul voyoient plaire. Si quelq'un ou quelcune disoit : « Beuvons », tous buvoient; si disoit : « Jouons », tous jouoient; si disoit : « Allons à l'esbat es champs », tous y alloient. Si c'estoit pour voller ou chasser, les dames, montées sus belles hacquenées avecques leurs palefroy gourrier, sus le poing mignonement enguantelé portoient chascune ou un esparvier, ou un laneret, ou un esmerillon; les hommes portoient les aultres oyseaulx.

Tant noblement estoient apprins qu'il n'estoit entre eulx celluy ne celle qui ne sceust lire, escripre, chanter, jouer d'instrumens harmonieux, parler de cinq et six langaiges, et en iceulx composer tant en carme, que en oraison solue. Jamais ne feurent veuz chevaliers tant preux, tant gualans, tant dextres à pied et à cheval, plus vers, mieulx remuans, mieulx manians tous bastons, que là estoient, jamais ne feurent veues dames tant propres, tant mignonnes, moins fascheuses, plus doctes à la main, à l'agueille, à tout acte muliebre honneste et libere, que là estoient.

Par ceste raison, quand le temps venu estoit que aulcun d'icelle abbaye, ou à la requeste de ses parens, ou pour aultres causes, voulust issir hors, avecques soy il emmenoit une des dames, celle laquelle l'auroit prins pour son devot, et estoient ensemble mariez; et, si bien avoient vescu à Theleme en devotion et amytié, encores mieulx la continuoient ilz en mariaige : d'autant se entreaymoient ilz à la fin de leurs jours comme le premier de leurs nopces.

Je ne veulx oublier vous descripre un enigme qui fut trouvé aux fondemens de l'abbaye en une grande lame de bronze. Tel estoit comme s'ensuyt :

Enigme en prophetie.

CHAPITRE LVIII

Pauvres humains qui bon heur attendez,
Levez vos cueurs et mes dictz entendez.
S'il est permis de croyre fermement
Que par les corps qui sont au firmament
Humain esprit de soy puisse advenir
A prononcer les choses à venir,
Ou si l'on peut par divine puissance
Du sort futur avoir la congnoissance,
Tant que l'on juge en asseuré discours
Des ans loingtains la destinée et cours,
Je fois sçavoir à qui le veult entendre
Que cest hyver prochain, sans plus attendre,
Voyre plus tost, en ce lieu où nous sommes
Il sortira une maniere d'hommes
Las du repoz et faschez du sejour,
Qui franchement iront, et de plein jour,
Subourner gens de toutes qualitez
A different et partialitez.
Et qui vouldra les croyre et escouter
(Quoy qu'il en doibve advenir et couster),
Ilz feront mettre en debatz apparentz
Amys entre eulx et les proches parents;
Le filz hardy ne craindra l'impropere
De se bender contre son propre pere;
Mesmes les grandz, de noble lieu saillız,
De leurs subjectz se verront assaillız,
Et le debvoir d'honneur et reverence
Perdra pour lors tout ordre et difference,
Car ilz diront que chascun à son tour
Doibt aller hault et puis faire retour,
Et sur ce poinct aura tant de meslées,
Tant de discordz, venues et allées,

Que nulle histoyre, où sont les grands merveilles,
A faict recit d'esmotions pareilles.
Lors se verra maint homme de valeur,
Par l'esguillon de jeunesse et chaleur
Et croire trop ce fervent appetit,
Mourir en fleur et vivre bien petit.
Et ne pourra nul laisser cest ouvrage,
Si une fois il y met le couraige,
Qu'il n'ayt emply par noises et debatz
Le ciel de bruit et la terre de pas.
Alors auront non moindre authorité
Hommes sans foy que gens de verité;
Car tous suyvront la creance et estude
De l'ignorante et sotte multitude,
Dont le plus lourd sera receu pour juge.
O dommaigeable et penible deluge!
Deluge, dy je, et à bonne raison,
Car ce travail ne perdra sa saison
N'y n'en sera delivrée la terre
Jusques à tant qu'il en sorte à grand erre
Soubdaines eaux, dont les plus attrempez
En combatant seront pris et trempez,
Et à bon droict, car leur cueur, adonné
A ce combat, n'aura point perdonné
Mesme aux troppeaux des innocentes bestes,
Que de leurs nerfz et boyaulx deshonnestes
Il ne soit faict, non aux Dieux sacrifice,
Mais aux mortelz ordinaire service.
Or maintenant je vous laisse penser
Comment le tout se pourra dispenser
Et quel repoz en noise si profonde
Aura le corps de la machine ronde!
Les plus heureux, qui plus d'elle tiendront,
Moins de la perdre et gaster s'abstiendront,
Et tascheront en plus d'une maniere
A l'asservir et rendre prisonniere
En tel endroict que la pauvre deffaicte
N'aura recours que à celluy qui l'a faicte;
Et, pour le pis de son triste accident,
Le clair soleil, ains que estre en Occident,
Lairra espandre obscurité sur elle
Plus que d'eclipse ou de nuyct naturelle,
Dont en un coup perdra sa liberté
Et du hault ciel la faveur et clarté,

Ou pour le moins demeurera deserte.
Mais elle, avant ceste ruyne et perte,
Aura longtemps monstré sensiblement
Un violent et si grand tremblement,
Que lors Ethna ne feust tant agitée
Quand sur un filz de Titan fut jectée;
Et plus soubdain ne doibt estre estimé
Le mouvement que feit Inarimé
Quand Tiphœus si fort se despita
Que dens la mer les montz precipita.
Ainsi sera en peu d'heure rengée
A triste estat, et si souvent changée,
Que mesme ceulx qui tenue l'auront
Aulx survenans occuper la lairront.
Lors sera pres le temps bon et propice
De mettre fin à ce long exercice :
Car les grans eaulx dont oyez deviser
Feront chascun la retraicte adviser;
Et toutesfoys, devant le partement,
On pourra veoir en l'air apertement
L'aspre chaleur d'une grand flamme esprise
Pour mettre à fin les eaulx et l'entreprise.
Reste, en apres ces accidens parfaictz,
Que les esleux, joyeusement refaictz,
Soient de tous biens et de manne celeste,
Et d'abondant par recompense honeste
Enrichiz soient; les aultres en la fin
Soient denuez. C'est la raison, affin
Que, ce travail en tel poinct terminé,
Un chascum ayt son sort predestiné.
Tel feut l'accord. O qu'est à reverer
Cil qui en fin pourra perseverer.

La lecture de cestuy monument parachevée, Gargantua souspira profondement, et dist es assistans :

« Ce n'est de maintenant que les gens reduictz à la creance Evangelique sont persecutez; mais bien heureux est celluy qui ne sera scandalizé et qui tousjours tendra au but au blanc que Dieu par son cher Filz nous a prefix, sans par ses affections charnelles estre distraict ny diverty. »

Le moyne dist :

« Que pensez vous, en vostre entendement, estre par cest enigme designé et signifié ?

— Quoy ? (dist Gargantua) le decours et maintien de verité divine.

— Par sainct Goderan! (dist le moyne), telle n'est mon exposition : le stille est de Merlin le Prophète. Donnez y allegories et intelligences tant graves que vouldrez, et y ravassez, vous et tout le monde, ainsy que vouldrez. De ma part, je n'y pense aultre sens enclous q'une description du jeu de paulme soubz obscures parolles. Les suborneurs de gens sont les faiseurs de parties, qui sont ordinairement amys et, apres les deux chasses faictes, sort hors le jeu celluy qui y estoyt et l'aultre y entre. On croyt le premier qui dict si l'esteuf est sus ou soubz la chorde. Les eaulx sont les sueurs; les chordes des raquestes sont faictes de boyaux de moutons ou de chevres; la machine ronde est la pelote ou l'esteuf. Apres le jeu, on se refraischit devant un clair feu, et change l'on de chemise, et voluntiers bancquete l'on, mais plus joyeusement ceulx qui ont guaingné. Et grand chere! »

LEXIQUE

Abhorrente : éloignée de, impropre.

Abondant (d') : en plus, de plus.

Acculoyt : faisait tomber. Acculer : renverser.

Aconcepvoir (ou acconcevoir) : chercher à atteindre, atteindre.

Acresté : hautain, orgueilleux.

Adenes : glandes.

Adjourner : citer à comparaître (au sens transitif).

Adjouster : ajouter ; ajuster.

Affection : sensation, passion, zèle, préjugé.

Affeuster : placer sur un affût, ajuster.

Afferir : convenir ; *il affiert :* il convient, il appartient.

Affier : confier.

Ains : mais.

Ains... que : avant que.

Aisgué : mélangé d'eau.

A mal te tirer : t'exciter au mal.

A mon devis : selon mon plan.

Amuser (s') : s'occuper, s'arrêter, (d'où le sens de : être en retard).

Anserin : d'oie.

Antidoté : muni d'un antidote, contenant un antidote.

Apertement : clairement.

Apoinctement : accommodement, conciliation.

Apophtegme : sentence, parole prononcée.

Apostume : tumeur purulente.

Apothérapie : régime fortifiant.

Ardre : brûler.

Aroy : charrue.

Aspect (sus l'aspect de) : du côté de.

Assis : fixé.

Assortiment : action de pourvoir, ravitaillement.

Assorty : garni.

A tant : tellement... que, alors.

Attrempé : modéré.

Aubier : raisin blanc.

Au blanc : au but, dans le « mille » de la cible.

Au cas que : tandis que.

Aumusse : chaperon, cagoule.

Auripeaux : oreillons.

Autant (boire d') : tenir tête en buvant, boire autant que.

Avaler : descendre, faire descendre. *A bride avallée :* à bride abattue.

Avanger : avancer, aller vite, parvenir.

Averlan : vaurien, individu, compagnon.

Avitailler, avituailler : pourvoir de nourriture, ravitailler.

Axunges peregrines : onguents étrangers, exotiques.

Bacce : baie, grain.

Badaud : sot, dépourvu de sens.

Badigoince : lèvre.

Baffouer : attacher fortement au moyen d'une corde.

Bague : voir *Bacce*.

Baisler : bâiller.
Bande : troupe de soldats, unité militaire.
Barbe (faire) : tenir tête, résister.
Barbute : sorte de grand capuchon.
Baston : arme offensive.
Batail : battant d'une cloche.
Battre le chien devant le lion : réprimander un inférieur devant un supérieur de manière à faire la leçon au supérieur.
Baudement : joyeusement.
Bauduffe : sorte d'étoupe.
Baugears : niais, dadais.
Bedondaine : bedaine.
Beffler : bafouer, berner.
Beluter : (sens libre), bluter, faire l'amour.
Bender (s'écrit aussi bander ; voir *bande) :* prendre parti.
Bette (s'écrit aussi boite, boitte) : boisson.
Bisouart : colporteur.
Blanchet : étoffe de laine blanche, laine blanche.
Boucon : bouchée; *boucon de Lombard :* morceau empoisonné.
Boucque : bouche, embouchure, orifice.
Boulevart : rempart de terre, de madriers; bastion.
Bourrachou : ivrogne.
Bouzine : cornemuse.
Boyer : bouvier.
Braismer : brailler.
Brancart : grosse branche, touffe de crins.
Bransler : brandir.
Braquemart : courte épée, membre viril.
Braquemarder : travailler du membre.
Brassée : étreinte des bras.
Brassier : sorte de fronde (?).
Bren (ou bran) : son, excrément.
Bresser : bercer.
Breusse : sorte de vase à goulot, broc.
Briffaut : glouton (*briffer :* manger avidement).
Brouiller : mélanger.
Buour : butor.
Bussard (ou bussart) : barrique.
Bustarin : ventru, lourdaud.
Cabasser : mettre dans un cabas, amasser.
Cabirotade : grillade de chevreau.
Cachelet : déformation de cachenez.
Caiche : membre viril.
Calathe : sorte de coupe.
Caler (ou caller) : abaisser, faire descendre.
Campane : cloche d'église.
Canne : roseau.
Canon : mesure, règle, loi. *Canonicquement :* selon les règles.
Caphart (s'écrit aussi cafard) : hypocrite.
Carcan : collier.
Carme : poème, vers (*en carmes :* en vers).
Cassidoine : calcédoine.
Caterve : troupe.
Cautele : ruse, mensonge, précaution.
Cere : cire.
Cerf (poil de) : désigne la couleur fauve.
Chaffourer : barbouiller. *Ch. leur rodibilardique loy :* barbouiller leur loi de ronge-lard. Le terme « ronge-lard » semble avoir désigné les juristes.
Challer : écaler (pour les noix).
Charnier : étal de boucher, saloir.
Charte : papier, alphabet. Le même mot a aussi le sens de charrette.
Chartier : charretier.
Chasse : au jeu de paume, chute de la balle en tel ou tel endroit du jeu.
Chichart : avare.
Chief : tête.
Chole : bile, d'où colère, violence.
Christallin : cristal.
Claquedent : proprement : cla-

quement de dents. Terme injurieux, sens (?) : présomptueux.

Claustrier : qui vit dans un cloître.

Cloper : boiter.

Cogule : cagoule.

Combien... que : quoique.

Commission : commandement.

Comparer : apparaître, être visible, se présenter; préparer; comparer.

Compas : mesure. *Par compas* : exactement. *Sans compas* : sans mesure.

Competer à : être conforme à, propre à la nature de.

Competer avec : s'accorder avec, coïncider. *Competentement* : convenablement.

Composer : disposer; *composer la guerre* : mener la guerre.

Compost : (adj.) composé; (nom) comput, calendrier.

Compulsoire : contrainte juridique; ce qui excite à boire.

Concion : réunion, assemblée; harangue, discours, prêche, sermon.

Concoction : digestion.

Conculquer : fouler aux pieds, (et sens dérivés : opprimer, mépriser).

Concussion (ou concution) : ébranlement, secousse.

Conditionner : soumettre à une condition, stipuler, établir les conditions de.

Confection : toute chose préparée, et en particulier les confitures.

Confinité : voisinage; *confin* : voisin.

Conformer : parler conformément à, déclarer conforme.

Connil (ou conil) : lapin.

Consommer : consumer.

Contemner (ou contempner) : mépriser; *contemptible* : méprisable.

Content : débat, querelle; comptant; *estre content* : consentir.

Contion : voir *Concion*.

Contreventer : tendre contre le vent.

Convenir : s'assembler, assembler, réunir.

Copieux : large, généreux; railleur, facétieux.

Coquemart (cocquemart) : sorte de marmite, bouilloire.

Coquin : mendiant, pauvre hère.

Cornet : encrier; *souffler au cornet* : boire.

Coscosson : boulette de viande et de farine frite dans l'huile.

Coublé : autre orthographe pour *couplé*.

Couler : abattre.

Coupeau : copeau, pellicule.

Coupelaud : épreuve; *au coupelaud* : à l'épreuve.

Courle : courge, citrouille.

Courte : petite bécassine.

Courtibaud : dalmatique.

Cousson : gousset.

Cousteret : panier pour les vendanges, hotte.

Cravant : oie sauvage.

Creance : croyance, opinion.

Crénelé : entaillé, dentelé, cannelé.

Crespelu : frisé, bouclé, crépu.

Cressonniere : marchande de cresson.

Crocheter : ouvrir, déboucher une bouteille.

Croquelardon : parasite, pique-assiette, celui qui cherche à attraper un bon morceau.

Crouller : secouer, agiter.

Cuider : croire, penser.

Curieusement : avec soin, avec recherche.

Cymbale : clochette, sonnette, assemblage de sonnettes et de clochettes.

Dea : oui, oui vraiment.

Debeziller : mettre en pièces (*les*

fauciles : les os des bras et des jambes).
Deduit : plaisir, divertissement.
Defiance : défi, provocation.
Defortuné : malheureux.
Deject : abattu.
Deliberation : intention, décision, résolution; *délibéré :* résolu.
Demouller : disloquer.
Dendin : paresseux, sot.
Departir : s'éloigner, partir.
Déporter (se) : s'abstenir de, renoncer à.
Deprisement : mépris.
Descrouller : briser.
Desgonder : enlever les gonds, déboîter; (*d. les ischies :* les hanches).
Deshonter : couvrir de honte, humilier, outrager.
Deslocher : disloquer (*d. les spondyles :* les vertèbres).
Desposcher (ou deposcher) : sortir de son sac.
Desrayé : désordonné, sorti du rang, de l'ordre.
Dessirer : déchirer.
Destituer : priver, déposséder, dépouiller. *Destitué :* privé de, abandonné, ignorant.
Destorse : chemin détourné, détour, action de détordre.
Desultoire : qui sert à la voltige.
Dextre : qui se rapporte à la main droite, adroit.
Diables (faire) : faire merveilles.
Diapré : richement vêtu, richement orné.
Dicté : parole, prescription, précepte.
Diete : régime, manière de vivre. *En diete de medecine :* selon les règles médicales.
Difference : action de différer, retard; différend, débat, querelle; discernement.
Dille : fausset, douzil, pièce de bois.
Discret : distinct, doué de discernement, intelligent.
Discretion : distinction, division, partage, discernement.
Disgreger : désagréger, disperser.
Dispenser : disposer, distribuer, régler.
Diteulx : pauvre hère.
Diviser : séparer; (intr.) deviser, s'entretenir.
Doigt medical : annulaire.
Donner le vin : accorder un pourboire.
Dronos (au singulier ou au pluriel), *donner dronos :* frapper.
Douzil : voir *Dille.*
Duire : instruire, exercer à; conduire, façonner; (intr.) convenir, être utile.
Dumeté : qui a du duvet.
Duppe : huppe.
Efferé : devenu fier, orgueilleux, cruel; d'où déraisonnable, insensé.
Effroy : tumulte, vacarme, agitation, émotion.
Emblee : surprise, entreprise furtive, secrète. *A l'emblée :* à la dérobée.
Embouser : couvrir de bouse, de fiente.
Embrener : même sens que *embouser.*
Embronché : Baissé, voilé, couvert, vêtu.
Emburelicoquer (ou emburelucoquer) : troubler, brouiller.
Embut : entonnoir.
Emolument : avantage, profit, bénéfice.
Empas : entrave. *Ayt les empas :* soit enchaîné.
Empescher : encombrer, emplir, embarrasser.
Enchevestrer : attacher avec un chevetre ou un licou, harnacher.
Enclaver : enfermer, joindre, lier, fixer, enfiler.
Enclos : enfermé, entouré, inclus.

Endoctriner : instruire, enseigner.
Endoussure : dos d'un toit, revêtement.
Enfoncer : tendre (un arc), creuser, approfondir.
Enfondrer : enfoncer, couler, noyer.
Engarder : empêcher, préserver.
Engin : esprit, caractère; intelligence, habileté; ruse, procédé; instrument.
Engouler : mettre dans sa bouche, avaler, engloutir.
Enguanteler (enganteler, enguenteler) : ganter, couvrir.
Enseigne : insigne, marque, preuve; médaille, emblème (qu'on portait au bonnet).
Entendre : sens moderne; comprendre. *Entendre sur* : avoir autorité sur.
Entommer : entamer.
Entretenement : conservation, conversation.
Equipollent : équivalent.
Es : dans les.
Esbaudir : réjouir, divertir.
Eschallon : échelon, marche d'escalier.
Escharboter : éparpiller, étaler.
Eschenal : canal, conduit, cheneau.
Escorcher le renard : vomir.
Escort : habile, adroit, avisé.
Esgassez : dégoûtés.
Esgous : qui s'égoutte.
Esgrafigner : griffer, blesser avec des ongles.
Esmeutir : fienter.
Esmorche : appât, amorce.
Espardre : disperser, répandre, étaler.
Espece : apparence.
Esperdre : rendre éperdu, égarer.
Espice : confiture; au pluriel, a aussi le sens de : honoraires des juges.
Espicerie : substance aromatique. parfum.
Espie · action d'épier, conspiration, complot; espion.
Espingarderie : artillerie de petits canons.
Esprendre : prendre, saisir; en parlant du feu, allumer.
Esprit : souffle, principe de vie; *esprits animaux* : esprits vitaux.
Esrener : briser les reins, fatiguer, briser de fatigue, maltraiter.
Estable : écurie.
Estacher : attacher.
Estamet : légère étoffe de laine.
Estau : pour *estal*, situation. *En cet estau musse* : se cache dans cet endroit.
Esteindre : tuer.
Esterner : éternuer.
Esteuf : balle du jeu de paume.
Estimateur : appréciateur, juge.
Estimation : estime, respect, réputation.
Estinceler : lancer comme une étincelle. *Estincelé* : étincelant, parsemé.
Estoc : souche, tronc, tige, origine, race. Arme pointue.
Estoffe : matière.
Estomach (ou stomach) : poitrine, cœur, estomac; esprit, intelligence.
Estommi : étonné (au sens étymologique), accablé.
Estonnement : commotion, ébranlement. *Estonner* : ébranler, étourdir.
Estorse : action violente, attaque, coup.
Estouper : boucher.
Estrange : étranger.
Estrapade : supplice qui consiste à élever et laisser retomber le patient suspendu au bout d'une corde.
Estrif : effort, peine, lutte, mauvais traitement, embarras, difficulté.
Estriller : racler (en particulier, la peau).
Estrivier : étrier.

Estuver : baigner.
Evanouir : disparaître.
Eversion : renversement, ruine.
Eviré : affaibli.
Exenterer : ôter les intestins.
Exercitation : entraînement, exercice (physique ou intellectuel).
Existimer : estimer, penser.
Exiture : sortie, saillie, excroissance.
Expedié : dégagé, leste, habile, adroit.
Exposer : mettre à la disposition, livrer, expliquer, traduire.
Extoller : élever.
Extraneizer : éloigner.
Exuler : être exilé.
Facteur : celui qui fait, homme de confiance.
Fagoteur : faiseur de fagots; intrigant.
Fait : dressé.
Fallace : trompeur.
Falot : gaillard, gai compagnon. *Falotement* : joyeusement.
Fanfarer : parader.
Fantasie : imagination, inclination.
Fantosme : mannequin.
Faque : poche.
Faratz : tas, amas.
Farfelu : gras, dodu.
Fascherie : incommodité, fatigue. *Fascheux* : ennuyeux. *Fasché* : dégoûté.
Fatrasserie : chose sans importance, fatras.
Fault : du verbe *falloir*, manquer.
Faye : foie.
Ferrière : sac à outils; flacon pour transporter le vin.
Ferir : frapper, porter un coup.
Fessepinte : celui qui vide les pintes, biberon.
Feurre : paille.
Fiance : confiance.
Fierement : cruellement, fortement, violemment.
Finablement : finalement, enfin.
Finer : finir, achever; donner, se procurer; finir, se terminer.
Floquart (ou flocquart) : touffe, bouquet, guirlande.
Floquet : voir *Floquart* : jeune galant, élégant, muguet.
Floquer : tomber en flocons, faire des touffes; couler à flots.
Focile : radius et cubitus, tibia et péroné.
Foilluze : bourse.
Folfré : très troublé (?).
Forcez : forçats.
Forme : manière. *A la forme que* : de même que.
Fors : excepté.
Fouace : sorte de galette cuite sous la cendre.
Fouillouse : poche, sac, bourse.
Foulque : Poule d'eau de couleur noire.
Foulz de sejour : oisif.
Foupi : chiffonné, froissé.
Fournoyer : faire chauffer au four, mettre dans le four, enfourner (sens libre).
Foy (ma) : ma parole.
Franc : libre de; *franc alleu* : exempt de l'impôt.
Franchise : liberté.
Frapart : celui qui frappe, moine mendiant, moine.
Frayer : dépenser à.
Friandeau : injure; coquin, vaurien.
Frimart : brouillard.
Frisque : gaillard, vif, alerte, joyeux.
Froisser : briser, rompre.
Fureter : aller çà et là, donner la chasse.
Furieux : fou, hors de sens.
Fy : voir foy.
Gabeler (ou guabeler) : moquer, se moquer.
Gabelle : impôt (en général).
Gaigner (au pied) : s'enfuir.
Gaignedenier : homme qui vit de menus salaires, portefaix.

Galantement : énergiquement, vivement, élégamment.
Galée : galère.
Galefretier : calfat, homme de peu, vaurien.
Galemart : étui faisant partie de l'écritoire.
Galer : frapper, maltraiter.
Galier : gaillard, bon compagnon, vaurien.
Galinotte : gelinotte.
Galoise : commère, femme qui aime son plaisir.
Gammare : sorte de crustacé, homard.
Garder : empêcher.
Gargareon : luette.
Gaubregeux : homme qui aime trop son plaisir.
Gaudebillaux : tripes de bœuf engraissé.
Gaudir : plaisanter, railler, réjouir. *Gaudisserie* : réjouissance.
Gaustier : gaillard, paysan.
Geline : poule.
Genitoires : testicules.
Gentil : noble (de naissance ou de caractère).
Glorieux : orgueilleux, vaniteux.
Goderonner : orner de gros plis.
Goguelu : joyeux plaisant.
Gorgias : joli, gracieux, élégant.
Gorrier : élégant, paré.
Gouge : femme, fille.
Gourmander : manger gloutonnement, dévorer.
Gousset : pièce de l'armure protégeant le dessous du bras, aisselle.
Grabeleur : celui qui examine. *Grabeler* : éplucher, passer au crible.
Grace : bonté.
Graisler : griller.
Graphigner : égratigner, écorcher.
Graver : monter, grimper.
Grecisme : langue grecque.
Greffe des arrets : jeu de mots obscène : *greffe* = membre viril, *aresser* = dresser.
Gresse : crasse.
Greve : jambe, mollet.
Grever : accabler sous un fardeau, charger, entraver, gêner, peiner.
Grimaud : écolier des classes de grammaire.
Grippeminaud : homme rapace.
Groisse : grossesse.
Gualentir : fortifier.
Guementer : se lamenter sur, s'occuper, s'informer.
Guenaud : gueux, mendiant.
Guerdon : récompense. *Guerdonner* : récompenser.
Guet : sentinelles, corps de garde.
Guigner : regarder du coin de l'œil.
Guimalx (ou guimaulx) : pré que l'on fauche deux fois l'ân.
Guinder : élever, dresser.
Habaliné : bouleversé.
Habitude : complexion, état physique.
Hacquebute : arquebuse.
Hagard (terme de fauconnerie) : non dressé, sauvage.
Haim : hameçon.
Hait : plaisir; *de bon hait* : de bon cœur.
Halebrener : chasser l'hallebran, fatiguer.
Halecret : corselet de fer protégeant la poitrine et le dos (jeu de mots sur *durabit*, dur habit).
Halleboter : grappiller.
Hanicroche : arme à fer recourbé.
Happelopin : celui qui attrape les morceaux à table, parasite.
Harceler (ou herseler) : rompu à la dispute : herselé.
Hardiment : avec certitude, certainement.
Harnois : armure.
Hart : lien d'osier, corde (spécialement pour pendre).
Haubergeon : cuirasse, cotte de mailles.

Haultelissier : celui qui fait les tapisseries de haute lice.
Havet : croc, crochet.
Hayt : voir *Hait*.
Heberger : loger, se loger.
Her : seigneur.
Herbe : légume, remède.
Herber: nourrir d'herbe, s'étendre sur l'herbe.
Here : homme de rien, hypocrite.
Herser : traîner.
Hersoir : hier soir.
Hespanol : épagneul.
Hetoudeau : jeune chapon.
Heur : chance, bonne ou mauvaise.
Heures : désigne les heures du bréviaire.
Hillot : garçon, gars.
Hobin : sorte d'allure qui tient du trot et du galop.
Hochepot : ragoût.
Holos : hélas.
Homonymie : équivoque.
Hoqueton : casaque militaire.
Hord : voir *Ord*.
Horrible : effrayant, redoutable.
Horrificque : étonnant, extraordinaire.
Hors : dehors, hors de.
Hostiere : hospice.
Houseau : botte, guêtre.
Housee : averse, ondée.
Housse : couverture de mule ou de cheval.
Houssepailleur : palefrenier, garçon d'écurie.
Housser : nettoyer, (sens libre) ramoner.
Houstage : otage.
Hucher : appeler, crier.
Huillier : fabricant d'huile.
Humer : boire. *Humerie* : action de boire. *Humeux* : ivrogne.
Hutaudeau : voir *Hetoudeau*.
Idoine : convenable, adapté.
Ignave : paresseux, mou.
Image : statue, fantôme: emblème qu'on attachait au chapeau.
Impetrer : obtenir.
Imposition : situation, imputation.
Impreciable : inappréciable.
Impropere : accusation, reproche; injure; honte, déshonneur, crime.
Impugner : combattre.
Incautement : imprudemment.
Inclyte : célèbre.
Indague : grossier.
Indalgo : hidalgo.
Indemner (ou indamner) : exempter (de dommage ou de redevance).
Induction : suggestion, avis, tendance.
Inertes : jeu de mots pour *in artibus*.
Infeste : ennemi, hostile.
Inhiber : défendre, interdire.
Instance : hâte, diligence.
Instant : proche, menaçant, appliqué.
Instituer : instruire, élever.
Instruer : instruire.
Instrument : attirail, outillage, bagage.
Insulter : faire une attaque.
Intempéré : manquant de modération, d'harmonie; intempérant, débauché; hivernal.
Intendit : acte par lequel le demandeur énonce ce qu'il se propose de trouver.
Intention : tension.
Interest : dommage, préjudice.
Internition : massacre.
Interpeller : interrompre, intercéder.
Intronifiqué : intronisé.
Irrision : moquerie.
Ischie : os de la hanche, sciatique.
Issir : sortir, naître.
Jà : déjà.
Jadeau : sorte de jatte.
Jangleur : bouffon, parasite.
Jaquemart : figure d'homme armé d'un marteau, placée sur

une horloge pour frapper les heures; sorte de mannequin de bois servant pour l'exercice de la lance.

Jaseran : cotte de mailles, collier, chaîne servant de parure.

Javart : sorte de chancre.

Jobelin : jargon; niais *(jobelin brldé) :* mari cocu.

Jocque : l'un des termes du jeu de toton.

Jocqueter : (sens libre) couvrir.

Jonchee : joncs, herbes.

Jouxte : près de.

Jus : en bas, à bas.

Labourer : travailler, orner; (sens libre) engrosser.

Ladre : lépreux.

Laicter : téter.

Lanci : foudre, jet de foudre.

Landier : chenet.

Landore : paresseux.

Lans : compagnon.

Larrys : sphincters de l'anus, du vagin et de la vessie.

Leans : là-dedans.

Leçon : lecture.

Lecture : leçon, enseignement.

Lentisque : bois dont on faisait des cure-dents.

Leschart : homme avide d'argent, cupide, glouton.

Lesche : tranche.

Leuce : blanc.

Lever : faire lever, enlever, couper.

Libere : libre, noble.

Librairie : bibliothèque.

Lié : joyeux; *faire chere lye :* faire joyeuse chère, faire bombance.

Lime sourde : lime qui ne fait pas de bruit, hypocrite.

Lipee : bouchée, bon morceau.

Livier : levier.

Livrée : action de livrer, linge, vêtement.

Locuste : sauterelle.

Loge : habitation, cabane.

Louchet : groupe de ballots.

Loup : (sens moderne); ulcère (loupe).

Lourche : sorte de trictrac.

Lourderie : sottise, ignorance.

Lourdois : lourdaud, sot; sottise, rusticité.

Lourpidon : sorcière.

Lubricité : caractère de ce qui est glissant.

Luc : luth.

Ludificatoyre : trompeur.

Lyripipion : capuchon (porté par les docteurs en théologie).

Machurer : souiller, déshonorer.

Madourré : rustaud, lourdaud.

Maignan : chaudronnier ambulant.

Maille : petite monnaie valant la moitié du denier.

Mait : pétrin, huche.

Maleficier : jeter des maléfices sur. *Maleficié :* mal bâti, infirme.

Malice : méchanceté.

Malivole : malveillant.

Malostru (ou malaustru) : malheureux, faible, pauvre.

Mal voulu : objet de malveillance; ennemi.

Manant : celui qui séjourne, habite.

Mancipe : esclave, serf.

Mandement : message, appel, ordre.

Manequin : figure d'homme ou d'animal; *jouer des manequins :* sens libre, courir le guilledoux.

Maniaque : fou.

Mappe : serviette, nappe, torchon.

Marc : ancien poids pour les métaux précieux.

Marque : gros grain de chapelet.

Marrabais : juif converti, ou Espagnol descendu des Maures.

Marranisé : mêlé aux Marrabais, vivant comme eux, métis.

Marre : sorte de pioche, houe de vigneron.

Marrochon : sorte de piochon.
Mascarer : barbouiller.
Maschefoin : homme avide, avidité.
Masculer : faire acte de mâle.
Matagraboliser : imaginer (des choses vaines, sottes), se fatiguer la cervelle.
Mateologie : vaine théologie. *Mateologien :* bavard, qui parle pour ne rien dire.
Materas : gros trait d'arbalète.
Matronal : qui convient à une matrone.
Matton : sorte de grosse pièce d'artillerie.
Maujoint : sexe de la femme.
Maulubec : ulcère des jambes.
Medulaire : de moelle.
Melancolie : bile noire.
Memorial : de la mémoire, commémoratif.
Mentule : verge.
Merdé : par la mère de Dieu.
Meretricule : (diminutif) petite prostituée.
Meschef : malheur, dommage.
Meshaigner : mutiler, blesser; par extension : tourmenter, affliger.
Meshui : tout le jour, maintenant, désormais.
Mesle : nèfle.
Mesnage : maison, économie. *Pet de mesnage :* pet très bruyant. *A profit de mesnage :* abondamment, fortement.
Mesouan : cette année, désormais.
Mestivier : moissonneur.
Mete : borne, barrière.
Meur : prompt. *Entre deux verdes une meure :* une chose agréable entre deux qui ne le sont pas.
Mignonement : gracieusement, élégamment.
Migraine : teinture rouge précieuse, pourpre. Par extension : de drap fin.
Minot : ancienne mesure de capacité.
Miraillier : miroitier.
Mirifique : admirable.
Miste : gentil, joli, gracieux.
Mitouflé : couvert de fourrures, dissimulé, hypocrite.
Modestie : modération.
Moissine : branche de vigne portant grappes et feuilles.
Moleste : peine, souffrance; pénible, douloureux, ennemi.
Molestement : d'une manière importune.
Mollice : mollesse, douceur.
Momerie : mascarade.
Monochordiser : jouer du monocorde.
Monopole : complot.
Monstre : spectacle, parade.
Monstrueux : prodigieux, extraordinaire.
Monument : demeure, séjour, tombeau, document.
Morfiailler : avaler avidement, bâfrer.
Morfondre : refroidir, enrhumer.
Motet : chant, poème, chanson à boire.
Moufle : outre, sac, niaiserie.
Mousche (Maitre) : homme habile, rusé.
Moussine : voir *Moissine*.
Moyeu (d'œuf) : jaune d'œuf.
Muguet : galant.
Muliebre : féminin.
Musser : cacher.
Mute : muette.
Mutu : mutuel.
Nacelle : sorte de vase pour la table.
Naffe (eau de) : eau de fleurs d'oranger.
Naif : naturel, originaire, vrai.
Naplcux : soumis au mal de Naples (syphilitique).
Naquet : laquais, valet.
Natatoire : piscine.
Nauf : navire; *nauf oneraire :* navire de charge.

Naveau : navet.
Navrer : blesser.
Nosocome : hôpital.
Nourrir : élever, instruire.
Nouvelleté : nouveauté, changement, désordre, soulèvement, révolte.
Nully : personne.
Numereux : nombreux.
Nuysance : dommage.
Observance : obéissance.
Ocieux : paresseux.
Oestre : taon.
Offendre : attaquer. *Offensif* : dangereux.
Office : service, fonction.
On : dans le, au.
Onocrotale : pélican.
Oppiler : boucher, obstruer.
Oppugner : attaquer.
Oraison : discours; *oraison solue* : discours en prose.
Orbe : aveugle, borgne.
Ord (ou *hord*) : sale, répugnant.
Ordre : costume, parure, rang.
Oriflan : oriflamme.
Oriflant : éléphant.
Ostager : donné en otage.
Outrecuidé : présomptueux.
Oust (ou ost) : armée.
Paction : accord, convention.
Paillarder : agir en paillard, en débauché.
Paille : poele.
Pale : pelle. *Palerée* : pelletée.
Palu : marais.
Pampre : vigne, vin.
Pan : empan.
Panice : panique.
Pantarche : pancarte (par métathèse).
Papefigue : qui se moque du pape.
Papegaut (ou papegay) : perroquet.
Papelard : hypocrite.
Paperat : feuille de papier.
Papillette : pendeloque.
Papillon : petit pape.
Parangon (paragon) : modèle, exemple.
Parautant... que : parce... que, vu... que.
Pardon : au pluriel, indulgences.
Parer : préparer.
Parfaire : achever.
Pariser : parier.
Parpaillot : papillon.
Partement : départ.
Partialité : parti, division, désaccord.
Partir : partager, diviser, séparer.
Past : repas, nourriture.
Pastis : pâturage.
Patays : pantelant, haletant.
Patibulaire : gibet, potence.
Patouiller : patauger, agiter.
Pecile : bigarré.
Peculier : particulier.
Peguad : mesure de vin valant huit setiers.
Pellauderie : morceau de peau.
Peloton : cocon, parties sexuelles, testicules.
Penader : sauter, gambader.
Pendilloche : (sens libre) pendeloque, ce qui pendille.
Penier : panier.
Penser : panser, soigner, traiter.
Percer : traverser, franchir.
Peregrin : étranger.
Pericharie : joie excessive.
Periode : terme, évolution, révolution.
Persiguire : pêcher.
Perspectif : observation.
Pertuis : trou.
Petart : ce qui pète, péteur.
Peton : appellation affectueuse.
Phantosme : voir *Fantosme*.
Philippus : sorte de monnaie.
Philologe : écrivain.
Physical : naturel, qui se rapporte à la nature.
Picardent : raisin blanc.
Pieça : il y a longtemps.
Pigne : peigne.
Pille : pillage, sorte de jeu de cartes.
Pillerie : voir *Pille*.

Pimponnet : jeu d'enfant.
Pinard : monnaie de cuivre.
Pinne : nageoire, pied palmé.
Piot : vin.
Pipe : grosse futaille (1 muid ½).
Piperie : tromperie.
Piratique : piraterie.
Pirouette : toupie.
Piscantine : mauvaise piquette.
Pissefort : urine surabondante.
Pisser (contre le soleil) : offenser les puissants, ou ses amis.
Pitoyable : sensible à la pitié, charitable, pieux.
Plain : plat, uni.
Plante : lieu où une chose est plantée, vigne.
Planté : abondance, quantité.
Plasmateur : créateur.
Platine : plaque, lingot.
Pleger : garantir, faire raison en buvant.
Pleurer : sens moderne; déborder.
Plombee : morceau de plomb, boulet de plomb.
Plumard : plumet, panache.
Pocher : aveugler.
Pochequilliere (pochecuillere) : sorte d'oiseau, spatule.
Poivrer : maltraiter.
Police : cité, constitution.
Poltron : paresseux, coquin.
Pompette : bouquet, bouffette, nœud de rubans.
Popisme : appel de la langue pour flatter un cheval, sifflement.
Porc : sanglier.
Porfiler : broder.
Portrait : tracé, figure, dessin, image.
Possouer : ce qui sert à pousser, tige qui pousse les balles dans un canon.
Postiquer : jouer un mauvais tour.
Potingues : drogues.
Pouacre : héron tacheté, personnage crasseux.
Poulain : petit d'animal; sorte d'échelle qui sert à la descente des tonneaux à la cave.
Poulemart : sorte de ficelle servant à emballer un paquet.
Pourree : poirée.
Pourtant... que : parce que, comme.
Poyzard : tige de pois.
Predestiner : fixer, arrêter.
Prefix : fixé d'avance.
Preschant : chant ou récitation du premier chantre d'église.
Preu : profit.
Preux : courageux.
Priant : appétissant.
Prime : premier; *prime vere* : printemps.
Primus secundus : sorte de jeu qui se jouait avec de petites baguettes.
Proces : marche en avant. *Proceder* : s'avancer.
Prochas (ou pourchas) : poursuite.
Procurer : prendre soin de, rechercher.
Proditoirement : traîtreusement.
Proficiat : bienvenue.
Prognostic : relatif à la connaissance de l'avenir (de même les dérivés).
Promptuaire : réceptacle, armoire, magasin.
Proposer : exposer.
Protraire, *protrait* : voir *Portrait*.
Prou : beaucoup.
Pudende : organe sexuel.
Pungitif : âcre, mordant, irritant.
Puree septembrale : vin.
Pyot : voir *Piot*.
Quant : combien.
Quarre : face, facette.
Quarreleure : semelle.
Quarroy : carrefour.
Quecas : noix.
Quel : lequel, tel.
Querir : demander, chercher.
Quidditatif : essentiel.
Quille (jouer aux) : (sens libre) courir les filles, faire l'amour.

Quinaud : singe, niais, penaud.
Quinquenelle : délai de cinq ans.
Quintaine : mannequin sur lequel on s'exerçait à la lance.
Quotter : noter.
Rabast : esprit follet, lutin.
Rabouillere : sorte de terrier de lapin, trou.
Racledenare : avare, rapace.
Raillard : moqueur, bavard.
Raire : raser, couper le poil, dépouiller, voler.
Ramentevoir : rappeler.
Ramper : grimper, gravir.
Rassotter : rendre faible d'esprit, abêtir.
Rataconniculer : (sens libre) synonyme de tisonner.
Ratepenade : chauve-souris.
Ratifier : affirmer d'une façon sûre.
Reboucher : s'émousser.
Recoler : repasser, revoir, rappeler.
Record : se souvenant.
Recouvert : repris.
Recreu : épuisé.
Recueil : réception, compte, dénombrement, amas.
Refraischir : rafraîchir, restaurer, réconforter, calmer.
Religion : respect scrupuleux, observance; couvent, monastère.
Remembrer : rappeler, se souvenir; *remembrance* : souvenir; *rememorer* : même sens.
Remord : douleur qui persiste.
Remparer : entourer de remparts.
Rencontre : aspect, apparence; plaisanterie; couture.
Rendre (sa gorge) : vomir.
Repetition : exercice oratoire.
Repos (ou repous) : lit, palier où l'on se repose.
Republique : état, nation.
Resjeuner : goûter.
Resolution : relâchement, faiblesse, dissolution.
Resserrer : enfermer, multiplier les coups de pointe (?).
Reste : enjeu; *à toutes restes* : en risquant tout, de toutes ses forces.
Resuder : suinter.
Resverie : délire.
Retraire : retirer, détourner.
Retrait : action de se retirer; cabinet, lieux d'aisances.
Revoquer : rappeler, ramener.
Ribaud : débauché.
Robe : action de dérober, dépouille, prise.
Rogaton : reliques.
Roide : fort, vigoureux, rapide.
Roigneux : galeux *(qui se sent roigneux, qu'il se gratte !)*.
Role : rouleau, liste, papier, écrit.
Romivage : pèlerinage.
Rondelle : bouclier rond.
Rousseau : sorte de héron.
Roussin : cheval grand et vigoureux.
Route : endroit où une chose est brisée, rupture, déroute.
Ruer : lancer, renverser, frapper.
Ruffien : débauché, coureur de jupons.
Ruiner : renverser, abattre, s'écrouler.
Sabuleux : sablonneux.
Saburrer : lester, charger (sens libre).
Saccade : secousse; *bailler la saccade* : donner la secousse (sens libre).
Sacqueboutte : sorte de trombone.
Sacquer : tirer, secouer, piller.
Sade : joli, gentil; *sadinet* : diminutif de sade (sens libre).
Sagette : flèche.
Saillir : sortir, sauter.
Saison : époque, moment propice.
Saleure : salaison.
Salut : monnaie d'or.
Sangloter : avoir le hoquet.

Sarge : serge.
Saulveté : sûreté.
Sauvagine : qualité de ce qui est sauvage, bête sauvage.
Saye : casaque, tunique.
Sayon : sorte de casaque.
Scale : escale, échelle.
Seder : apaiser, adoucir.
Seille : seau, cruche; seigle.
Sejourner : reposer, s'arrêter.
Semondre : avertir, inviter.
Sequenille (ou sequenye) : souquenille.
Seraph : sorte de monnaie d'or égyptienne.
Serrecropiere : (sens libre) *jouer du* : jouer de la croupe.
Sesser : tamiser (sens libre).
Signe : signature, enseigne, insigne.
Signer : marquer, indiquer, noter.
Smach : outrage, injure.
Sobresse : sobriété.
Socialement : amicalement, en bon accord.
Solier : charpente, étage.
Solvable : payable.
Soret : hareng saur.
Soucier : rendre soucieux.
Souef : doux, agréable.
Souillard : boueux, souillon, laveur de vaisselle.
Soulas : plaisir, agrément.
Souldoyé : qui a touché sa solde.
Souspirail : souffle; *un souspirail* : très peu.
Souverain : qui est au-dessus, supérieur.
Spectable : visible, étonnant.
Sphaceler : gangrener, d'où meurtrir.
Subside : secours, aide, assistance.
Subvertir : renverser, abattre, détruire.
Suille : de porc.
Suppediter : fouler aux pieds.
Surot : tumeur.
Sustantificque : substantiel.
Syllogiser : faire un syllogisme, raisonner.
Tablier : comptoir, planchette, jeu de trictrac.
Taboureur : tambourineur; sens libre.
Tabuster : faire du bruit, frapper, tourmenter.
Taillebacon : tailleur de jambon, fanfaron.
Tale : osselet.
Talvassier : faux brave, fanfaron, hâbleur.
Tas (à) : en grand nombre.
Taster : goûter.
Tastonner : tâter en caressant.
Tatin : coup; *un tatin* : un peu.
Test : débris de pot, crâne.
Testonner : peigner.
Theriacleur : vendeur de thériaque, charlatan.
Timbre : bassin, abreuvoir.
Tintouin : souci, bruit importun.
Tirelupin : gueux.
Tirer : attirer, entraîner.
Tissotier : tisserand.
Tollir : enlever, ravir.
Torcher : essuyer.
Torcoul : dévot, faux dévot.
Touiller : salir, vautrer.
Toupon : bouchon de paille, bouchon.
Tour : procédé.
Touret : sorte de masque.
Tourner les truies au foin : agir inconsidérément.
Toustade : couleur de pain brûlé, alezan brun.
Trac : chemin, piste, train.
Tracasser : aller çà et là, se démener.
Traict : charge d'un cheval attelé; cordage pour tendre les voiles, drisse.
Traine : sorte de charrette.
Traine-guainnes : traîneur de sabre, matamore, incapable.
Traire : tracer, tirer, tirer de l'arc.
Traite : action de tirer du vin.
Trançon : morceau, fragment.

Transfreter : traverser (la mer).
Translater : traduire, transporter.
Transon : voir *Trançon.*
Traquenard : sorte de galop.
Trejectoire : escamoteur.
Trepelu : mesquin.
Trespassé : détruit, violé.
Tribard : trique, bâton, (sens libre).
Trisulce : à trois pointes.
Trousquer : rendre boiteux.
Tugure : cabane.
Tumultuaire : qui se rapporte à l'assaut, brusque, soudain.
Tupin : pot.
Turbine : tourbillon.
Tyranson : sorte de bécasse.
Ulmeau : ormeau.
Union : perle.
Usance : usage.
Vacque : vide.
Vaporer : exhaler des vapeurs, dégager des parfums.
Vedeau : bedeau.
Veguade : coup.
Vele : voile.
Vene creuse : veine cave.
Verd : solide.
Verge : anneau; sens moderne.
Vert : vigoureux.
Vertu : courage, valeur; *vertueux :* courageux.
Vexer : maltraiter, dévaster, ravager.
Viande : nourriture.
Victeur : vainqueur.
Vietz d'azes : vits d'ânes, c'est-à-dire imbéciles.
Vignette : ornement en forme de feuille de vigne.
Vilité : qualité de ce qui est de peu de valeur, vilenie.
Violier : pot à fleurs.
Virollet : moulinet.
Visif : visible, visuel.
Vocation (ou vacation) : emploi.
Vote : vœu.
Vouge : lance à fer large et long.
Voultiger : faire de la voltige.
Yssir : voir *Issir.*
Zencle : tacheté.

TABLE DES MATIÈRES

LA VIE TRES HORRIFICQUE DU GRAND GARGANTUA, PERE DE PANTAGRUEL

TITRES RÉCEMMENT PARUS

MADO (JORGE)
Mar morto (388)

RIOSTE
Roland furieux. Textes choisis et présentés par Italo CALVINO (380)

STURIAS
Monsieur le Président (455).

ALZAC
La Maison du chat-qui-pelote (414). Peines de cœur d'une chatte anglaise (445). La Vieille Fille. Le Cabinet des Antiques (481)

AUDELAIRE
Le Spleen de Paris. La Fanfarlo (478).

RONTË (EMILY)
Hurlevent-des-Monts (Wuthering Heights) (411)

ARROLL (LEWIS)
Tout Alice (312)

ARRINGTON
Le Cornet acoustique (397)

**
Code civil (Le). Textes antérieurs et version actuelle. Éd. J. Veil (318)

ONSTANT
De l'Esprit de conquête et de l'Usurpation (456)

CRÉBILLON
Les Égarements du cœur et de l'esprit (393)

DAUDET
Contes du Lundi (308)

DESCARTES
Méditations métaphysiques (328)

DICTIONNAIRE ANGLAIS-FRANÇAIS/ FRANÇAIS-ANGLAIS OXFORD (485)

DICKENS
David Copperfield 1 (310) - 2 (311)
L'Encyclopédie 1 (426) - 2 (448)

***
La Farce de Maître Pierre Pathelin (texte original et traduction en français moderne) (462)

***
Farces du Moyen Âge (412)

FAULKNER
Monnaie de singe (450)

FLAUBERT
L'Éducation sentimentale (432). Trois Contes (452). Madame Bovary (464)

***
La Genèse (traduction de *La Bible de Jérusalem*) (473)

HAMSUN
Victoria (422)

HARDY
A la lumière des étoiles (447)

HAWTHORNE
La Lettre écarlate (382)

HOBBES
Le Citoyen (De Cive) (385)

HÖLDERLIN
Hymnes-Élégies (352)

HUGO
Les Burgraves (437). L'Art d'être grand-père (438)

HUME
Enquête sur l'entendement humain (343)

JAMES
Les Deux Visages (442)

KADARÉ
Le Pont aux trois arches (425)

KAFKA
Le Procès (400). Le Château (428)

LABÉ (LOUISE)
Œuvres complètes : Sonnets. Élégies. Débat de Folie et d'Amour (413)

LA BOÉTIE
Discours de la servitude volontaire (394)

LAGERKVIST
Âmes masquées. La Noce (424)

***
Lettres portugaises. Lettres d'une Péruvienne et autres romans d'amour par lettres (379)

LOCKE
Traité du gouvernement civil (408)

***
Le Mahabharata 1 (433). 2 (434)

MANN
Mario et le magicien (403)

MAUPASSANT
Le Horla et autres contes d'angoisse (409). Apparition et autres contes d'angoisse (417)

MAURIAC
Un adolescent d'autrefois (387). L'Agneau (431)

MÉRIMÉE
La Vénus d'Ille et autres nouvelles (368). Tamango. Mateo Falcone et autres nouvelles (392)

MORAND
Hécate et ses chiens (410)

MORAVIA
Nouvelles romaines (389). Agostino (396) Le Conformiste (415). L'Ennui (451)

MORE (THOMAS)
L'Utopie (460)

NIETZSCHE
Le Crépuscule des idoles (421)

PASCAL
De l'Esprit géométrique. Écrits sur la grâce et autres textes (436)

PLATON
Lettres (466). Gorgias (465)

PROUST
Du côté de chez Swann (475) A l'ombre des jeunes filles en fleurs (T1 468, T2 : 469) Le Côté de Guermantes (T1 . 470, T2 471) Sodome et Gomorrhe (T1 476, T2 477) La Prisonnière (376) La Fugitive (446) Le Temps retrouvé (449)

RADIGUET
Le Bal du comte d'Orgel (406) Le Diable au corps (444)

REVERDY
Flaques de verre (405)

RUTEBEUF
Le Miracle de Théophile (texte original et traduction en français moderne) (467)

SAINT PAUL
L'Épître aux Romains L'Épître aux Galates (traduction de *La Bible de Jérusalem*) (472)

SCIASCIA
Les Poignardeurs La Disparition de Majorana (427). Le Jour de la chouette (461)

SEGALEN
Le Fils du Ciel (377)

TOCQUEVILLE
De la Démocratie en Amérique 1 (353) - 2 (354)

VESAAS
Palais de glace (423)

VILLIERS DE L'ISLE-ADAM
Contes cruels (340) Claire Lenoir et autres récits insolites (401)

WHARTON
La Récompense d'une mère (454) Le Temps de l'innocence (474)

WOOLF (Virginia)
La Traversée des apparences (435)

GF GRAND-FORMAT

CHATEAUBRIAND
Mémoires d'Outre-Tombe Préface de Julien Gracq (4 vol.)

FORT
Ballades françaises

GRIMM
Les Contes (2 vol.)

GUTH
Histoire de la littérature française (2 vol.)

HUGO
Poèmes choisis et présentés par Jean Gaudon

LAS CASES
Le Mémorial de Sainte-Hélène (2 vol)

MAURIAC
Mémoires intérieurs et Nouveaux Mémoires intérieurs

Vous trouverez chez votre libraire le catalogue complet de notre collection.